Hippolyte Larrey.

AF459856

CAMPAGNE

DE BONAPARTE

EN ÉGYPTE ET EN SYRIE,

PAR

UN OFFICIER DE LA 32e DEMI-BRIGADE.

COLLECTION DU BARON LARREY DON DE Mlle DODU

PARIS,

RUE ET PLACE SAINT-ANDRÉ-DES-ARTS, N° 30.

1832.

CAMPAGNE D'ÉGYPTE

PAR BONAPARTE.

(Mai 1798. — Août 1799.)

CHAPITRE Ier.

Préparatifs de l'expédition d'Égypte. — Départ de la flotte française (19 mai 1798). — L'armée d'Orient s'empare d'Alexandrie (2 juillet). — État et description de l'Égypte. — Marche sur le Kaire à travers le désert. — Bataille des Pyramides (21 juillet). — L'armée d'Orient s'empare du Kaire. — Desaix envoyé dans la Haute-Égypte. — Bataille navale d'Aboukir; destruction de la flotte française (1er août). — Établissement de la nouvelle colonie; Institut d'Égypte. — Déclaration de guerre de la Porte (1er septembre). — Révolte du Kaire (21 octobre). — Conquête de la Haute-Égypte par Desaix (octobre).

§ I.

Une nouvelle carrière de triomphes et de gloire va s'ouvrir devant Bonaparte. Mes vieux compagnons, vous l'avez tous vu grandir et s'illustrer à la tête de l'armée française; plus tard vous l'avez vu sur un trône auquel l'avaient appelé la reconnaissance nationale et l'intérêt de la patrie. Mais ce qu'il faut rappeler aujourd'hui, ce sont les commencements de sa haute fortune, les progrès de son génie, et la grandeur de ses services.

Simple lieutenant d'artillerie à la révolution

de 1789, il était, en 1793, commandant de l'artillerie en second au siége de Toulon, en 1794 général de brigade, en 1795 général de division, en 1796 général en chef de l'armée d'Italie. Il n'avait alors que 26 ans! que de grands souvenirs rappellent ses immortelles campagnes dans cette contrée! il y resta dix-huit mois, et lorsqu'il reparut en France, il rentra dans la capitale, précédé des trophées de dix victoires glorieuses, et apportant un traité de paix qui assurait la supériorité de la république. Aussi à son arrivée, le plus vif enthousiasme se manifesta dans toutes les classes. Le peuple criait : « vive le général Bonaparte, le vainqueur de l'Italie, le pacificateur de Campo-Formio! » La bourgeoisie et les commerçants disaient : « que Dieu le conserve pour la gloire et la prospérité de la France ». La haute classe courait avec admiration au devant d'un « jeune héros qui, depuis la bataille de Montenotte jusqu'au traité de Léoben, n'avait connu que des triomphes ». Tous les cœurs s'ouvraient à l'espérance. Les plaies de la patrie allaient se cicatriser, et un avenir riche de tous les genres de grandeur et de prospérité s'offrait aux regards de la France.

Tout autre que Bonaparte eût été ébloui par l'enthousiasme qu'on lui montrait, mais il portait ses regards sur l'avenir. Il connaissait la jalousie secrète qu'avaient contre lui les directeurs, inhabiles magistrats de la république. Les renverser aurait été un projet hardi, mais dangereux.

Il valait mieux attendre que le directoire se perdît par ses fautes. D'un autre côté, que faire dans Paris, au milieu de l'agitation des partis, avec le titre illusoire de général en chef de l'armée d'Angleterre, qui lui avait été récemment donné? n'y avait-il pas des palmes nouvelles à cueillir dans de lointains climats? ne pouvait-il pas faire d'autres conquêtes glorieuses et utiles pour la France? c'est alors que toutes ses idées se dirigèrent vers un projet qui depuis peu occupait son imagination.

L'Angleterre était l'ennemie mortelle de la France. Elle avait armé la moitié de l'Europe contre notre révolution, et pendant ce temps elle n'avait cessé de s'agrandir en Orient. Pour la frapper au cœur, il fallait l'atteindre dans ses riches possessions des Indes. L'Égypte était sur la route; des flottes pouvaient sortir de la mer Rouge, et porter le drapeau tricolore et des soldats français sur les rivages de l'Indostan. Une fois conquise, les plus vastes espérances devenaient légitimes. Cette grande pensée d'une expédition en Égypte ne quitte plus Bonaparte: réparer les malheurs de nos colonies perdues ou ravagées, ouvrir de nouveaux débouchés à nos manufactures, dans l'Afrique, l'Arabie et la Syrie; fournir à notre commerce les productions de l'ancien monde, frapper au cœur le commerce de l'Angleterre, en attirant en Égypte celui de l'Orient; rendre à cette contrée, berceau des sciences et des arts, sa première splendeur; enfin marquer sa place entre les plus illustres conquérants, tels sont les immenses résultats qu'il voit dans la victoire et la conquête. Le Directoire, séduit par ces grandes vues, lui accorda les moyens de les accomplir. Le secret fut convenu, pour ne pas éveiller l'attention de l'Angleterre et du continent. Bonaparte s'occupa des préparatifs, avec cette activité extraordinaire qu'il apportait à tout.

Une commission formée sur-le-champ fut chargée de parcourir les ports de la Méditerranée, et d'y préparer tous les moyens de transport. Provisions, troupes, artillerie, tout fut organisé avec une merveilleuse rapidité par Bonaparte, qui surveillait lui-même à Paris l'exécution de ses ordres. Les détachements de l'armée d'Italie qui rentraient en France furent dirigés vers Toulon et Gênes, principaux points de départ. Ce n'était pas assez pour Bonaparte d'avoir des guerriers; il eut encore l'heureuse pensée d'associer à son expédition des savants, des ingénieurs, des géographes, des artistes et des ouvriers de toute espèce, afin de porter en Égypte les lumières, les bienfaits et les arts utiles de notre civilisation. Les hommes les plus illustres de l'époque s'engagèrent dans l'entreprise. C'étaient les savants mathématiciens ou chimistes Monge, Berthollet, Fourier, Dolomieu ; les habiles médecins et chirurgiens Desgenettes, Larrey et Dubois. Cette commission savante comprenait plus de cent personnes.

Parmi les généraux étaient les noms rendus célèbres sur le Rhin et en Italie : Desaix, Kléber, Berthier, Regnier, Lannes, Murat, Belliard, Menou, Bon, Vaubois, Dugua, Andréossy, Baraguay-d'Hilliers, et quelques autres moins éclatants. Le brave et savant Caffarelli-Dufalga, qui avait perdu une jambe sur le Rhin, commandait le génie. L'amiral Brueys commandait l'escadre; Villeneuve, Blanquet-Duchayla, Decrès et Gantheaume en étaient les contre-amiraux.

La France et l'Europe retentissaient du bruit des préparatifs qui se faisaient dans la Méditerranée. On s'épuisait en conjectures. « Où va Bonaparte? » disait-on ; « quel est le but de cette expédition à la fois guerrière et savante ? » Les uns parlaient de la Grèce, les autres de l'Inde, de l'Égypte ; mais le Directoire et Bonaparte observaient toujours un profond secret. L'Angleterre inquiète de ces préparatifs mystérieux et redoutables, et persuadée qu'elle en était l'objet, augmentait ses flottes dans l'Océan et la Méditerranée, et chargeait l'amiral Nelson de surveiller la marche des Français.

Tout étant disposé pour l'embarquement, Bonaparte, nommé, au milieu d'avril, général en chef de l'armée d'Orient par arrêté secret du Directoire, quitta Paris et arriva à Toulon le 9 mai. Ses vieux guerriers d'Italie furent saisis d'enthousiasme en le revoyant après une absence de huit mois. Ils commençaient à craindre qu'il ne fût pas à la tête de l'expédition. Sans leur en expliquer le but, Bonaparte leur adressa la proclamation suivante :

« Soldats !

« Vous êtes une des ailes de l'armée d'Angle-« terre. Vous avez fait la guerre de montagnes, « de plaines, de siéges; il vous reste à faire la « guerre maritime.

« Les légions romaines, que vous avez quelque-« fois imitées, mais pas encore égalées, combat-« taient Carthage tour à tour sur cette mer et « aux plaines de Zama. La victoire ne les aban-« donna jamais, parce que constamment elles fu-« rent braves, patientes à supporter la fatigue, « disciplinées et unies entre elles.

« Soldats, l'Europe a les yeux sur vous! Vous « avez de grandes destinées à remplir, des batail-« les à livrer, des dangers, des fatigues à vaincre ; « vous ferez plus que vous n'avez fait pour la « prospérité de la patrie, le bonheur des hommes, « et votre propre gloire.

« Soldats, matelots, fantassins, canonniers, « cavaliers, soyez unis ; souvenez-vous que le « jour d'une bataille, vous avez besoin les uns « des autres.

« Soldats, matelots, vous avez été jusqu'ici « négligés; aujourd'hui la plus grande sollici-« tude de la république est pour vous; vous serez « dignes de l'armée dont vous faites partie.

« Le génie de la liberté qui a rendu, dès sa « naissance, la république l'arbitre de l'Europe,

« veut qu'elle le soit des mers, et des nations les « plus lointaines. »

Ce noble langage d'un général environné de tous les prestiges de la gloire, électrisa toutes les ames. Généraux, officiers, soldats, tous ne virent que des lauriers nouveaux à cueillir, sans songer aux dangers et aux fatigues de l'entreprise. L'armée attendait avec impatience le moment du départ, sans connaître encore sa mystérieuse destination.

Elle s'élevait à trente-six mille hommes environ. Le général Berthier était chef de l'état-major-général. Caffarelli-Dufalga commandait l'arme du génie, le général Dommartin celle de l'artillerie. Elle avait neuf généraux de division, illustrés par leurs exploits d'Allemagne ou d'Italie, Kléber, Desaix, Regnier, Bon, Menou, Vaubois, etc.; onze généraux de brigade, Lannes, Lanusse, Murat, Vial, Rampon, Davoust, etc.: la cavalerie n'était que de 2500 hommes, choisis parmi les hussards et les dragons. On n'emmenait pas de chevaux; on comptait sur ceux des Arabes et des Mamelucks.

La flotte se composait de treize vaisseaux de ligne, de quatorze frégates, et de beaucoup de corvettes.

Le vaisseau amiral, *l'Orient*, était de 120 canons. Un nombre infini de chaloupes, de petits navires, de convois de transport, devaient accompagner les vaisseaux de ligne. C'étaient 500 voiles qui allaient flotter à la fois sur la Mediterranée. Depuis un siècle, jamais un aussi magnifique armement n'avait paru sur les mers. Que d'espérances de triomphes et de conquête!

La veille du départ, une scène attendrissante eut lieu sur le vaisseau *l'Orient*. Prête à se séparer d'un époux chéri, la femme de l'amiral vint le trouver à son bord. Ses yeux étaient mouillés de larmes : elle conduisait avec elle son fils, gage unique d'une tendresse mutuelle. Brueys prit cet enfant entre ses bras, et le contemplant avec attendrissement : « Adieu, mon fils, lui dit-il, adieu, mère aimable et chérie! peut-être pour la dernière fois je vous presse sur mon cœur! » Triste et douloureux pressentiment, qui devait se réaliser trop tôt!

§ II.

Ce fut le 19 mai 1798 que la flotte mit à la voile. Un soleil magnifique éclairait l'horizon. Au milieu des cris de joie et d'enthousiasme, des décharges d'artillerie partant de la terre et des vaisseaux, elle sortit lentement du port de Toulon, et suivit la côte de Provence jusqu'à Gênes, pour rallier le convoi réuni dans ce port. Elle cingla ensuite vers la Corse et la mer de Sicile, pour prendre deux autres convois de transport. Toutes ses forces réunies, le général en chef se dirigea sur l'île de Malte qui, commandant la navigation de la Méditerranée, était un poste important à conquérir, afin d'avoir, à tout événement, un vaste entrepôt pour la marine militaire et la marine marchande de la France.

Cette île appartenait, depuis 1530, à l'ordre religieux et militaire des chevaliers de St.-Jean de Jérusalem, auxquels Charles-Quint en avait fait don. Elle avait été successivement fortifiée depuis cette époque, et passait pour imprenable. La cité la Valette, sa capitale, est assise sur une presqu'île qui occupe le milieu du port, et environnée d'admirables fortifications. Les chevaliers avaient des biens considérables dans les diverses parties de l'Europe, et auraient pu entretenir une marine considérable pour garantir les nations chrétiennes des pirateries barbaresques. Ils n'avaient que de vieilles frégates et quelques galères, et les dignitaires de l'ordre dévoraient, dans le luxe et l'oisiveté, les riches revenus de leurs domaines.

La possession de cette île était importante pour le succès de l'expédition. Sans aucun doute, l'Angleterre s'en fût emparée, si Bonaparte ne l'eût prévenue. Plusieurs mois auparavant, il avait pratiqué des intelligences pour gagner quelques chevaliers, et diminuer la résistance à laquelle il s'attendait. Il fallait enlever la place par un coup d'audace, et obliger les chevaliers à se rendre.

Après avoir demandé au grand-maître l'entrée du port pour l'armée navale, chose qui lui fut refusée, Bonaparte ordonna aux troupes de débarquer sur plusieurs points. La Valette fut investie de tous côtés. L'artillerie canonna les forts, et les chevaliers ayant fait une sortie, il y en eut un grand nombre de pris. Le désordre et l'effroi se répandirent dans l'intérieur. Une partie de la population et les chevaliers français demandaient que la ville se rendît. Le grand-maître, vieillard faible et sans talents, ne songea plus qu'à sauver ses intérêts du naufrage. Après quelques négociations, l'Ordre abandonna à la France la souveraineté de Malte. Le drapeau tricolore fut arboré sur les forts de la Valette; la flotte s'établit dans le port, qui est si vaste, que les 500 bâtiments de convoi n'en remplissaient que la moindre partie (12 juin.).

Bonaparte consacra quelques jours à régler l'administration civile et militaire, et après avoir laissé dans l'île une bonne garnison pour la défendre, il remit sur-le-champ à la voile pour cingler vers la côte d'Égypte. Il était impatient d'arriver. Il sentait bien qu'au bruit de la conquête de Malte, les vaisseaux anglais parcourraient dans tous les sens la Méditerranée, pour attaquer ou du moins retarder la flotte française. En effet, l'amiral Nelson, avec une flotte de treize vaisseaux, avait déja paru, le 1er juin, devant Toulon, visité le midi du royaume de Naples, le 20 juin, et recherchait avec la plus grande ardeur la flotte d'expédition. Soupçonnant enfin qu'elle voguait vers l'Égypte, il cingla droit vers Alexandrie, et ne l'ayant pas trouvée, se dirigea vers les côtes de Syrie.

Pendant ce temps, le général en chef et l'armée voguaient paisiblement vers l'Égypte. Après avoir échappé par un rare bonheur à la recherche des Anglais, la flotte arriva vers le soir en vue d'Alexandrie (30 juin). C'était le 43e jour depuis le départ du port de Toulon. La colonne de Septime-Sévère annonçait de loin la vieille terre d'Égypte et la célèbre ville d'Alexandrie. Ce fut alors que Bonaparte, pour dévoiler le secret de l'expédition, adressa à l'armée cette belle proclamation :

A bord de *l'Orient*, 12 messidor (30 juin).

« SOLDATS,

« Vous allez entreprendre une conquête dont « les effets sur la civilisation et le commerce du « monde sont incalculables. Vous porterez à l'An« gleterre le coup le plus sûr et le plus sensible, « en attendant que vous puissiez lui donner le « coup de mort.

« Nous ferons quelques marches fatigantes ; « nous livrerons plusieurs combats ; nous réussi« rons dans toutes nos entreprises, les destins « sont pour nous. Les beys-mamelucks qui fa« vorisent exclusivement le commerce anglais, « qui ont couvert d'avanies nos négociants, et qui « tyrannisent les malheureux habitants du Nil, « quelques jours après notre arrivée n'existeront « plus.

« Les peuples avec lesquels nous allons vivre

« sont mahométans; leur premier article de foi est « celui-ci : « Il n'y a pas d'autre Dieu que Dieu, « et Mahomet est son prophète. » Ne les contre-« disez pas; agissez avec eux comme nous avons « agi avec les Juifs, avec les Italiens; ayez des « égards pour leurs muphtis et leurs imans, comme « vous en avez eu pour les rabbins et les évêques; « ayez pour les cérémonies que prescrit l'Alco-« ran, pour les mosquées, la même tolérance que « vous avez eue pour les couvents, pour les syna-« gogues, pour la religion de Moïse et de J.-C.

« Les légions romaines protégeaient toutes les « religions. Vous trouverez ici des usages diffé-« rents de ceux de l'Europe : il faut vous y ac-« coutumer!

« Les peuples chez lesquels nous allons entrer « traitent les femmes différemment que nous; « mais dans tous les pays, celui qui viole est un « monstre.

« Le pillage n'enrichit qu'un petit nombre « d'hommes, il nous déshonore, il détruit nos « ressources, il nous rend ennemis des peuples « qu'il est de notre intérêt d'avoir pour amis.

« La première ville que nous allons rencon-« trer a été bâtie par Alexandre; nous trouverons « à chaque pas de grands souvenirs dignes d'ex-« citer l'émulation des Français. »

Le lendemain 1er juillet, le consul français vint à bord de *l'Orient*. Il annonça que *trois jours* auparavant, Nelson avait paru devant Alexandrie; et que n'ayant pas trouvé notre flotte, il s'était aussitôt dirigé vers la Syrie, où il pensait que le débarquement devait avoir lieu. Bonaparte, frappé de ces détails, prit la résolution de débarquer immédiatement. L'amiral Brueys lui représentait les dangers de l'entreprise, la violence des vagues (car la mer était très-houleuse), une côte garnie de rescifs et à la distance de trois lieues, enfin la nuit qui s'avançait et qui pouvait tout compromettre. Il proposait d'attendre au lendemain. « Amiral, lui dit Bonaparte, nous n'avons pas de temps à perdre; la fortune ne me donne que trois jours, si je n'en profite pas, nous sommes perdus. » Les ordres sont donnés pour débarquer dans la nuit même. La mer était violemment agitée. Les chaloupes reçurent une partie des troupes, et à une heure du matin, nos soldats foulaient la terre d'Égypte. Il y avait en tout quatre ou cinq mille hommes. Le général en chef marche sans perdre un moment sur Alexandrie, éloignée de trois lieues, afin de la surprendre et de l'emporter. Pas un cheval n'avait été débarqué. Bonaparte était à pied avec l'avant-garde, accompagné de son état-major et des généraux. Le brave Caffarelli, malgré sa jambe de bois, avait voulu partager les fatigues d'une marche pénible à travers les sables.

Les Arabes Bédouins voltigeaient sur les flancs de notre petite armée. Il s'engagea une fusillade, qui bientôt les dispersa dans le désert. Dès le matin, une population nombreuse garnissait les murs et les tours de la ville des Arabes. Des hurlements effroyables d'hommes, de femmes et d'enfants, s'élevèrent à la vue de l'armée. Nos colonnes s'avancent au pas de charge, et, malgré le feu des assiégés et une grêle de pierres, escaladent la première enceinte des murailles. Kléber tombe blessé d'une balle au front; l'aide-de-camp du général en chef, le brave et intéressant Polonais Sulkowsky, est deux fois culbuté de la brèche. Mais la valeur française triomphe bientôt de tous les obstacles. On chasse les Arabes de ruine en ruine, jusqu'à la ville nouvelle. Le combat avait déja recommencé dans les rues; le soldat, furieux de la résistance de l'ennemi, s'était laissé entraîner par son ardeur. Chaque maison était une citadelle d'où partait une fusillade meurtrière. Bonaparte fait battre la générale, et appelle un capitaine turc pour négocier un accord et porter aux habitants des paroles de paix. Il répand des proclamations en arabe; les hostilités cessent sur tous les points, et Koraïm, commandant des forces turques, remet à l'armée les forts et la ville d'Alexandrie. Bonaparte y marqua son entrée par des actes de douceur et de générosité.

Cette cité célèbre était bien déchue de son antique prospérité et de sa magnificence. L'œil ne trouvait partout que des ruines. La ville moderne était habitée par les Turcs, les Égyptiens opulents et les négociants européens. Le peuple était plongé dans une affreuse misère. Mais c'était une possession importante, qui nous donnait un pied assuré en Égypte.

Bonaparte employa quelques jours à organiser la ville et la province avec une admirable activité. Ses ordres rapides pourvurent aux hôpitaux militaires, aux provisions de vivres, au débarquement des autres troupes, et aux fortifications d'Alexandrie. Le colonel Crétin, l'officier du génie le plus habile de France, fut chargé de les exécuter et le fit avec une grande intelligence.

Un petit nombre de Français avaient péri à l'attaque de la ville. Le général en chef honora dignement la mémoire de ces braves. A trois cents pas d'Alexandrie s'élevait, au milieu de ruines, la belle colonne de Pompée, qui frappe l'imagination comme tout ce qui est sublime. C'est au pied de ce monument, et en présence de l'armée, que nos camarades furent ensevelis. Leurs noms durent être inscrits sur la colonne même.

§ III.

L'Égypte, dont nous venions faire la conquête, est un des pays les plus singuliers et les plus fertiles du monde. Dans les anciens temps, sa situation entre l'Asie et l'Europe était devenue une source de richesses et de grandeur : mais elle était bien déchue. Un fleuve magnifique qui la traverse et la féconde, un nombre infini de bourgs ou villages sur ses deux rives, des champs couverts de palmiers et riches de toutes sortes de productions, puis de vastes plaines de sable, des déserts sans eau, sans verdure et toujours dévorés par un soleil brûlant, des chaînes de montagnes arides et peu élevées, çà et là les ruines imposantes d'une ancienne civilisation, les monuments encore debout, les colonnes, les obélisques, les pyramides qui ont résisté à trente siècles, tel est l'aspect général de cette contrée. Rien qui rappelât cette belle Italie, où, au sein de la victoire, nous avions trouvé toutes les jouissances du luxe et de l'abondance.

Elle se divise naturellement en haute, moyenne et basse Égypte. C'est une grande vallée de 200 lieues de longueur, sur 40 à 50 de largeur. Le Nil qui prend sa source en Abyssinie, et dont le cours sinueux est de 800 lieues, la traverse dans toute son étendue. Il n'y a guère que ses rives qui présentent des champs fertiles. Plus loin, des deux côtés, c'est une mer de sables, où se trouvent semées des langues de terre cultivable, appelées *oasis*.

Le Nil est la véritable providence de l'Égypte. Jamais il n'y tombe de pluie, et la terre ne produit que par les inondations régulières de ce fleuve. Il commence à s'élever au solstice d'été, milieu de juin; l'inondation s'augmente pendant deux ou trois mois, puis diminue progressivement. Elle répand sur les champs un limon qui les engraisse et les féconde, et leur donne une prodigieuse fertilité. Depuis octobre jusqu'à la fin de février, la campagne d'Égypte offre un aspect admirable; ce sont des plaines resplendissantes de fleurs, de verdure, et des plus belles moissons. Après le mois de mars commencent des chaleurs dévorantes; la terre se gerce si profondément, qu'il est quelquefois dangereux de la traverser à cheval. L'inondation du Nil est très-bonne à 25 pieds, mais médiocre à 21, et mauvaise à 20. De là les années de fertilité et de disette. Une foule de canaux en répandent les eaux dans toutes les directions.

Les historiens assurent que dans les anciens temps l'Égypte avait 20 millions d'habitants et plus de 20 mille villes. Les révolutions physiques et politiques ont détruit lentement cette prospérité et cette population. Les canaux, mal entretenus, ont disparu; les sables ont envahi les terres fertiles; le désert a gagné tout ce qu'a perdu la civilisation. A notre arrivée, la population de l'Égypte n'était que de deux millions 500 mille habitants. Semblable aux ruines qui la couvrent, elle offrait les débris de plusieurs peuples et de différents âges. Il faut y remarquer trois races, les Mamelucks, les Turcs ottomans, les Arabes ou naturels du pays, qui n'avaient ni les mêmes mœurs, ni la même langue; la religion seule était commune. Les Cophtes, race primitive subjuguée au VIIe siècle par les Arabes, s'élevaient à 200 mille, et comme toutes les classes proscrites, ils s'étaient voués aux plus ignobles métiers.

Les Mamelucks gouvernaient le pays, et possédaient les richesses et la force. C'était une milice guerrière, recrutée en Circassie, combattant toujours à cheval, et d'une rare intrépidité. Ils avaient pour chefs 24 beys ou princes. La maison de chaque bey se composait de sept à huit cents Mamelucks, et offrait en général une grande magnificence.

Les Turcs, établis en Égypte depuis le XVIe siècle, formaient le corps des janissaires et spahis; ils étaient environ 200 mille, mais ne faisant guère de service réel, et constamment avilis et humiliés par les Mamelucks. Le pacha envoyé par la Porte (cour de Constantinople) n'avait aucune autorité, et changeait tous les ans.

Les Arabes composaient la masse presque entière de la population. Ils descendaient des compagnons de Mahomet. Les plus illustres, grands propriétaires, réunissant les fonctions du culte et de la magistrature, étaient, sous le nom de scheiks, les véritables grands de l'Égypte. Ils étaient membres des divans et des mosquées, et exerçaient une grande influence. Puis venaient la classe des petits propriétaires, la plus nombreuse des Arabes, et la classe inférieure des paysans ou fellahs, vivant dans l'abjection et la misère.

Il y avait une quatrième classe d'Arabes, c'étaient les Bédouins ou enfants du désert, s'élevant à près de 120 mille ames, et fournissant 15 à 20 mille cavaliers. Leur métier était d'escorter les caravanes, ou de prêter leurs chameaux pour les transports. Mais brigands sans foi, ils pillaient souvent les marchands qu'ils escortaient; souvent ils poussaient leurs ravages jusque sur les rives du Nil, et rentraient promptement dans le désert avec leur butin. Ils n'auraient pu y vivre, s'il n'y avait eu çà et là quelques *oasis* fertiles; car ces plaines immenses, sablonneuses, brûlées par l'ardeur du soleil, n'ont ni arbres ni végétation. De loin en loin on rencontre des sources d'eau, plus ou moins saumâtre, et à peine potable.

Cette diversité de races et d'intérêts n'échappa point à la sagacité de Bonaparte, et c'est d'après cet état de choses qu'il dicta les proclamations aux scheiks et aux Arabes, et qu'il établit son système de gouvernement. Flattant habilement l'esprit national arabe et la religion du Koran, il ne fit la guerre qu'aux Mamelucks, qu'il présentait comme les oppresseurs du pays. Doué d'une imagination tout orientale, il lui était facile de prendre le style solennel et imposant qui convenait à la race arabe. « Depuis assez long-temps, « disait-il, ces esclaves achetés dans le Caucase « et dans la Géorgie tyrannisent la plus belle « partie du monde; mais Dieu, de qui tout dé« pend, a ordonné que leur empire finît.

« Peuples de l'Égypte, on vous dira que je « viens pour détruire votre religion; ne le croyez « pas! répondez que je viens vous restituer vos « droits, punir les usurpateurs, et que je res« pecte, plus que les Mamelucks, Dieu, son pro« phète et le Koran. » Parlant de la tyrannie des Mamelucks : « Y a-t-il une belle terre? elle ap« partient aux Mamelucks. Y a-t-il un beau che-

« val, une belle esclave, une belle maison! cela « appartient aux Mamelucks Si l'Égypte est leur « ferme, qu'ils montrent le bail que Dieu leur « en a fait. Mais Dieu est juste et miséricordieux « pour le peuple.

« Il y avait jadis parmi vous de grandes villes, « de grands canaux, un grand commerce; qui a « tout détruit, si ce n'est l'avarice, les injustices « et la tyrannie des Mamelucks?

« Trois fois heureux ceux qui seront avec « nous! ils prospéreront dans leur fortune et « leur rang. Heureux ceux qui seront neutres! « ils auront le temps de nous connaître et de se « ranger avec nous. Mais malheur, trois fois « malheur à ceux qui s'armeront pour les Ma- « melucks, et combattront contre nous! il n'y « aura pas d'espérance pour eux; ils périront. »

§ IV.

Pendant le séjour de Bonaparte à Alexandrie, le reste de l'armée avait heureusement débarqué. Elle s'élevait à trente mille hommes. Kléber, qui avait besoin de guérir sa blessure, fut chargé du commandement d'Alexandrie. L'amiral Brueys reçut ordre de faire sonder le vieux port pour le mouillage des gros vaisseaux, et la flotte fut mise provisoirement à l'ancre dans la rade d'Aboukir.

Pour ne pas donner le temps aux Mamelucks de concerter leurs moyens de défense, il fallait brusquer la conquête de l'Égypte. L'élite de leurs forces se composait de cavalerie la plus redoutable du monde; l'infanterie ne consistait qu'en milices hors d'état de se mesurer avec nos soldats. Le succès dépendait de la vivacité de nos attaques et de l'effroi qu'elles devaient produire. Il fallait donc se diriger sans retard sur le Kaire, *la ville sainte* des Arabes et la capitale de l'Égypte. Deux routes y conduisaient, l'une en passant par le désert de Damanhour, l'autre par Rosette, en côtoyant la mer et traversant le lac Madieh : mais celle-ci était beaucoup plus longue, et d'ailleurs on n'était pas encore maître de Rosette. Le général en chef se décida pour la route du désert. La division du général Desaix, formant l'avant-garde de l'armée, reçut ordre de marcher sur Damanhour. Les autres divisions devaient suivre à un jour d'intervalle. On partit le 6 juillet.

Ce fut Desaix que les privations et les souffrances atteignirent le premier. Dans ces vastes plaines de sable, dévorées par le soleil brûlant des Tropiques, on se dispute l'eau, partout ailleurs si commune; on cache à la recherche du voyageur les puits et les sources, ces trésors secrets du désert, et souvent, après des marches étouffantes, on ne trouve, pour satisfaire l'impérieux besoin de la soif, que des eaux rebutantes par leur goût saumâtre. Nos soldats, au milieu de ces sables brûlants et stériles, éprouvèrent des maux inouïs. Le brave Desaix, si ferme dans les plus grands dangers, était sur le point de fléchir. Il écrivait à Bonaparte : « De grace, « mon général, ne nous laissez pas dans cette « horrible situation; la troupe se décourage et « murmure. Faites-nous avancer ou reculer à « toutes jambes. Si l'armée ne passe pas le dé- « sert avec toute la rapidité de l'éclair, elle pé- « rira. » Les autres divisions n'eurent pas moins à souffrir. L'espérance, les forces des soldats s'épuisaient dans ces immenses plaines de sables mouvants. Point d'ombre, point de verdure, à peine quelques puits d'eau saumâtre. Une illusion propre à ces climats brûlants contribuait encore à les abattre, après avoir un instant ranimé leur courage. C'est le phénomène du *Mirage*. Le matin, devant eux se réfléchissaient au loin des lacs immenses, reproduisant l'image d'arbres, de monticules de sable et toutes les inégalités du terrain; nos soldats haletants pressaient alors leur marche, mais l'eau fuyait devant eux, se montrant toujours à la même distance, et ces lacs imaginaires finissaient par s'évanouir. A l'espoir trompé succédaient la tristesse, l'abattement et un entier épuisement de forces.

Ce phénomène du *Mirage* est produit par l'ardeur du soleil qui condense les vapeurs que la terre exhale, et les empêche de s'élever; elles forment un nuage qui tout le jour couvre la surface de la terre, et ressemble à une mer calme vue de loin. La nuit, elles tombent en rosées abondantes et froides, en sorte qu'après le coucher du soleil, on découvre de plus loin que pendant la chaleur du jour.

Les Arabes harcelaient sans cesse l'armée, et chose plus funeste, ils comblaient et infectaient les citernes et les puits, déjà si rares dans ces déserts. Enfin, après quelques jours de marche, nous arrivâmes sur les rives du Nil, couronnées de riches moissons. A la vue du Nil et de cette eau si désirée, les soldats s'y précipitèrent, et en se baignant dans ses flots oublièrent toutes leurs fatigues.

Ce fut alors qu'on vit paraître quelques centaines de Mamelucks qui galopaient dans la plaine pour reconnaître notre marche. Plusieurs volées de mitraille les dispersèrent. Le 13 juillet, nous rencontrâmes Mourad-bey, le plus courageux des chefs mamelucks, posté avec 4000 chevaux près du village de Chebreïss, ayant son flanc droit couvert par une flottille. Rien de plus imposant que ce spectacle. Ces chevaux magnifiques, richement caparaçonnés, l'air martial des cavaliers, la diversité brillante de leurs costumes, ces schalls roulés autour de leur tête et surmontés d'aigrettes, tout cela frappait vivement nos regards.

Le combat s'engagea entre nos flottilles : celle de l'ennemi attaqua la nôtre, qui côtoyait notre marche en remontant le Nil. Pour la dégager, Bonaparte se porta contre Mourad-bey. Chacune de ses cinq divisions formait un carré qui présentait à chaque face six hommes de hauteur;

l'artillerie était placée aux angles; au centre, étaient les équipages et la cavalerie. Ces carrés disposés en échelons se flanquaient réciproquement.

A peine l'armée paraît-elle à une demi-lieue des Mamelucks, que soudain ils s'élancent en foule et inondent la plaine. Ils débordent les ailes, caracolent sur les flancs et autour de nos carrés. Partout ils trouvent un rempart de baïonnettes ou un feu terrible qui les disperse. D'autres escadrons chargent avec impétuosité le front de l'armée. On les laisse approcher jusqu'à la portée de la mitraille; aussitôt l'artillerie se démasque et les accable d'une pluie de fer et de feu. Alors nos soldats s'ébranlent, et marchent au pas de charge sur le village de Chebreïss. On l'emporte après une faible résistance. Les Mamelucks opèrent leur retraite en désordre vers le Kaire. Leur flottille prend également la fuite, après un combat acharné de deux heures. Telle fut la première action où les Français restèrent victorieux. Ils avaient vu de près ces redoutables Mamelucks; ils savaient comment ils pourraient en triompher une seconde fois.

L'armée se remit en marche pour le Kaire. Pendant huit jours, elle suivit la rive du Nil, traversant des villages abandonnés, manquant souvent de provisions, au milieu de superbes moissons : on n'avait ni fours ni moulins. Le dîner de Bonaparte et de l'état-major consistait en un plat de lentilles. Le seul adoucissement aux privations était une espèce de melon d'eau, nommé *pastèque*, qui donnait une nourriture saine et rafraîchissante. Mais pendant les marches, sous un soleil brûlant, l'humeur revenait souvent, et après l'humeur les plaisanteries. On ne voyait pas cette capitale du Kaire, si vantée comme une des merveilles de l'Orient; et le soir nos soldats s'épuisaient en conversations politiques, en raisonnements et en plaintes. *Que sommes-nous venus faire ici?* disaient les uns; *le Directoire nous a déportés. Caffarelli*, disaient les autres, *est l'agent dont on s'est servi pour tromper le général en chef.* Plusieurs s'étant aperçus que partout où il y avait des vestiges d'antiquité, on les fouillait avec soin, se répandaient en invectives contre les savants, qui, *pour faire leurs fouilles*, *avaient*, disaient-ils, *donné l'idée de l'expédition.* Dans la pensée du soldat, le *savant* était la cause première de l'expédition orientale; aussi c'était sur les hommes de la science que tombaient d'abord les bourrasques et la mauvaise humeur. Cette partie de l'armée, peu habituée aux fatigues, était montée sur des ânes. Se rapprochait-elle des troupes, à l'apparition d'une tribu de Bédouins, «*au centre les ânes et les savants !* » criaient alors les soldats, et de longs éclats de rire accueillaient cette saillie habituelle. L'état-major n'était guère plus ménagé. Curieux de découvertes, Caffarelli ne laissait aucune ruine sans lui rendre visite. Les soldats le voyant clopiner çà et là, au milieu des bataillons, disaient en faisant allusion à sa jambe de bois : « *Il se moque bien de ça, lui, il* « *a toujours un pied en France.* » Mais ce brave et spirituel général et les savants ne tardèrent pas à reconquérir l'estime de l'armée.

§ V.

Quelques lieues avant d'arriver au Kaire, Bonaparte fut instruit que Mourad-bey avait réuni près de la capitale tous ses Mamelucks, la milice du Kaire et un grand nombre d'Arabes, résolu de livrer une bataille décisive. L'armée partit d'Omedinar à une heure du matin. Pour la première fois depuis Chebreïss, elle rencontra un corps de Mamelucks; c'était l'avant-garde de Mourad-bey. Elle se replia avec ordre et sans rien tenter. Tout annonçait que cette journée déciderait du sort de l'Égypte. Les soldats reprirent courage, instruits qu'ils approchaient du terme de leurs fatigues; une ardeur martiale régnait dans tous les rangs. Lorsque le jour parut à l'horizon, l'armée aperçut les Pyramides dorées par les premiers rayons du soleil. A la vue de ces monuments prodigieux, sur lesquels tant de siècles ont passé, elle s'arrêta, saisie d'étonnement, de curiosité et d'admiration. Le visage du général en chef était rayonnant d'enthousiasme; il se mit à galoper devant les rangs des soldats, et leur annonçant le combat, en montrant les Pyramides : « Soldats, s'écria-t-il, vous allez combattre aujourd'hui les dominateurs de l'Égypte; songez que du haut de ces monuments, quarante siècles vous contemplent! »

On s'avança d'un pas rapide. A dix heures, l'armée aperçut les 300 minarets du Kaire, puis l'infanterie nombreuse qui gardait le bourg d'Embabeh sur la rive gauche du Nil, la magnifique cavalerie des Mamelucks, dont les armes étincelaient d'or et d'acier, et derrière eux, à l'horizon, les Pyramides dans leur majestueuse grandeur. Bonaparte examine avec soin les dispositions de l'ennemi. Leur armée s'étendait sur une ligne immense du Nil aux Pyramides, et s'élevait à 60 mille hommes. Les janissaires et les spahis, au nombre de 20 mille, gardaient un grand camp retranché, près d'Embabeh, armé de 40 pièces de canon. La cavalerie des Mamelucks, s'élevant à 10 mille hommes, servis chacun par trois fellahs à pied, occupait le centre. Un corps de 3000 cavaliers arabes tenait l'extrême gauche, et remplissait l'intervalle des Mamelucks aux Pyramides. Ces dispositions étaient formidables. Nous ignorions quelle serait la résistance des janissaires et des spahis, mais nous connaissions et redoutions beaucoup l'habileté et l'impétueuse bravoure des Mamelucks.

Bonaparte dispose son armée comme à Chebreïss, mais de manière à présenter plus de feu aux ennemis. Desaix commande la droite avec deux divisions, Dugua le centre avec la division Kléber, et Vial la gauche avec les divisions Bon et Menou. Le général en chef examina avec de bonnes lunettes le camp retranché; il fut plein de joie, quand il vit que l'artillerie n'était point sur affûts de campagne, et ne pouvait sortir, ainsi que l'infanterie, qui n'oserait le tenter sans canons. Il saisit et ordonne le mouvement qui devait assurer la victoire, et qui consistait à prolonger sa droite, pour être hors de l'atteinte de l'artillerie, et il tombe avec toutes ses forces sur la cavalerie des Mamelucks.

Mourad-bey qui, sans être instruit, était doué d'un grand caractère et d'un coup-d'œil pénétrant, devine sur-le-champ l'intention de ce mouvement, et qu'il faut l'empêcher à tout prix. Dès qu'il voit nos colonnes en marche, il s'avance hardiment avec les deux tiers de sa cavalerie, et se précipite sur les deux divisions du général Desaix. La charge fut si rapide, qu'un moment les carrés parurent ébranlés et en désordre; mais ils se reformèrent promptement. Nos braves soldats les reçoivent à bout portant, avec un feu terrible de mousqueterie et de mitraille. En vain ces innombrables cavaliers renouvellent leur charge impétueuse, en vain galopant autour de cette citadelle, ils font des efforts désespérés pour l'entamer, nos soldats gardent une héroïque contenance et une vigueur inébranlable. Ils étaient comme une muraille d'acier. Quelques Mamelucks des plus braves parviennent pourtant à faire brèche, en se précipitant sur les baïonnettes, et renversant leurs chevaux sur nos fantassins; ils pénètrent jusqu'au milieu du carré qui se referme, et viennent expirer auprès du général Desaix. Au milieu de la mitraille, des boulets, de la poussière et de la fumée, une partie des Mamelucks rentre dans le camp retranché. Mourad-bey, suivi de ses plus habiles officiers, se dirige sur Gizeh, et se trouve ainsi séparé de son armée.

Cependant à la gauche, les divisions Bon et Menou se portent sur le camp retranché, s'en emparent, et font un feu terrible sur les Mamelucks qui rentraient. Au centre, ils sont vivement pressés par la division Dugua, où se trouve Bonaparte en personne. La terreur et le désordre se répandent dans toute la plaine. Infanterie, cavalerie, tout cherche son salut dans une fuite précipitée ou dans les eaux du Nil. Plusieurs milliers essayèrent de traverser le fleuve qui les engloutit. On porta à 5000 le nombre des Mamelucks qui furent noyés dans cette bataille. De cette armée de 60,000 hommes, il n'échappa que 2500 cavaliers avec Mourad-bey; la plus grande partie de l'infanterie s'était sauvée à la nage. Le camp retranché de l'ennemi, 400 chameaux chargés de bagages, 40 pièces d'artillerie, une foule de beaux chevaux arabes et la possession assurée du Kaire, tels furent les résultats de cette glorieuse victoire. Le général en chef lui donna le nom de *Bataille des Pyramides* (21 juillet) (1).

(1) La campagne d'Égypte a inspiré de grandes et belles choses à nos peintres. Qui ne connaît, qui n'a point admiré les ta-

Les Mamelucks avaient sur le Nil une soixantaine de bâtiments chargés de toutes leurs richesses. Voyant l'issue du combat et désespérant de les sauver, ils y mirent le feu. Pendant toute la nuit, au travers des tourbillons de flammes et de fumée, nous apercevions se dessiner les minarets et les édifices du Kaire et de la ville des Morts. Ces tourbillons de flammes éclairaient tellement, que nous pouvions découvrir jusqu'aux Pyramides.

Bonaparte plaça son quartier-général à Gizeh, sur les bords du Nil, où Mourad-bey avait une superbe habitation. Cette maison ne ressemblait en rien aux châteaux d'Europe. L'intérieur, orné avec luxe, était rempli de coussins et de divans des plus belles soieries de Lyon. Dans les jardins se trouvaient des arbres magnifiques et des berceaux de vignes, chargés des plus beaux raisins du monde. Les soldats y étaient accourus en foule; la vendange fut bientôt faite. Mais ils firent sur le champ de bataille un butin d'une autre espèce qui ne les intéressait pas moins; c'étaient des schalls magnifiques, des armes garnies d'or et d'argent, des chevaux dont les selles et les harnais éblouissaient par le luxe, et des bourses qui renfermaient trois ou quatre cents pièces d'or; car les Mamelucks avaient coutume

bleaux de la *Bataille des Pyramides*, de la *Révolte du Kaire*, des *Pestiférés de Jaffa*, de la *Bataille d'Aboukir*, etc. et quelques autres ? Grace à Gros et Girodet, ces scènes revivent, avec tout leur éclat et leur grandeur. Allez revoir encore ces beaux tableaux.

de porter toute leur fortune avec eux, quand ils allaient combattre.

Le désastre des Mamelucks, la déroute des janissaires, avaient répandu dans le Kaire une extrême consternation. Tous les rapports sur la bataille donnaient aux Français un caractère qui tenait du merveilleux. La ville était en proie à tous les genres de désordre et d'excès; une populace grossière et féroce voulait piller à la fois les riches palais des beys et les maisons des négociants français. Malheureusement la flottille française n'avait pas encore remonté le Nil, et nous n'avions point de navires pour le traverser. Bonaparte envoya une proclamation aux scheiks et notables du Kaire. Bientôt une députation se rendit au quartier du général en chef, pour traiter de la reddition de la ville, et implorer la clémence du vainqueur. Elle reçut les assurances les plus pacifiques, et elle revint au Kaire, accompagnée d'un détachement de la 32e demi-brigade, commandé par le brave Dupuy, nommé général de brigade sur le champ de bataille des Pyramides. Ce corps défila dans les rues du Kaire, au milieu d'une population immense, réunie sur son passage, dans un silence respectueux, et alla prendre possession de la citadelle, à l'extrémité de la ville, sur les confins du désert. Je rappelle, mes vieux camarades, ce souvenir : à la grande journée des Pyramides, la 32e avait brillé par sa froide intrépidité. La première, elle obtint l'honneur d'entrer dans la capitale de l'Égypte. Le général en chef nous suivit de près. Vainqueur à Chebreïss, aux Pyramides, les Mamelucks défaits, et leur chef Mourad-bey contraint de s'enfuir dans la Haute-Égypte, il y fit, après 20 jours de campagne, son entrée triomphale, à la tête de son armée, et alla prendre possession du palais d'Elfi-bey, qui devint son quartier-général (26 juillet).

A peine fut-il établi, qu'il donna des ordres pour poursuivre Mourad-bey dans la Haute-Egypte. A ce guerrier qui montrait du courage et de l'habileté, il opposa un de ses meilleurs lieutenants : c'était Desaix, si brave, si modeste, si admirable dans les dangers. Sa division, de 3000 hommes seulement, devait remonter le cours du Nil, harceler sans cesse les débris des Mamelucks et les troupes des Arabes, et soumettre la Haute-Égypte. Cette mission, nous le verrons bientôt, fut glorieusement remplie.

Bonaparte s'occupa immédiatement de l'organisation civile et militaire du pays. Il faut l'avoir vu à cette époque où il était dans toute la force de sa jeunesse et de son génie : rien n'échappait à son intelligence et à sa prodigieuse activité. Il gagna, par un mélange de douceur et de fermeté, les scheicks, qui exerçaient une grande influence sur le peuple. Il établit au Kaire et dans toutes les provinces un *divan* ou conseil municipal qui devait veiller à la bonne administration, à la police, à l'exécution de la justice. Il assura le bien-être des soldats, en faisant construire des fours à pain, en distribuant d'abondantes provisions, et les logea dans les meilleures maisons des Mamelucks. Il renouvela l'ordre d'observer la plus sévère discipline, chose essentielle chez un peuple si récemment conquis. Cet ordre fut strictement exécuté. Peu de temps s'était écoulé, et l'on voyait déjà les Français admis dans les boutiques, vivre paisiblement avec les habitants, fumer la pipe avec eux, les aider dans leurs travaux et caresser leurs enfants.

Habile à se concilier les esprits, Bonaparte saisissait toutes les occasions de prendre part aux fêtes de l'Égypte. Celle du Nil est la plus grande et la plus solennelle. Ce fleuve, bienfaiteur de la contrée, est en vénération chez les Égyptiens, et l'objet d'une espèce de culte. Pendant l'inondation, il s'introduit au Kaire par un grand canal; une digue lui ferme l'entrée de ce canal, jusqu'à ce qu'il soit parvenu à une certaine hauteur. Alors on la coupe, et le jour de cette opération est une fête populaire. Elle fut célébrée au milieu d'août. Un peuple immense était accouru. Les troupes étaient sous les armes, et Bonaparte, à la tête de son état-major, accompagnait les principales autorités du pays. D'abord un scheik déclara la hauteur à laquelle était parvenu le Nil : elle s'élevait à 25 pieds, ce qui était un signe d'abondance et causa une grande joie. On travailla ensuite à couper la digue. Toute l'artillerie française retentit à la fois au moment où les eaux du fleuve se précipitèrent. Suivant l'usage, une foule de barques s'élancèrent dans le canal, pour obtenir le prix destiné à celle qui parviendrait à y entrer la première. Bonaparte donna le prix lui-même. Une foule d'hommes et d'enfants se plongeaient dans les eaux du Nil, attachant à ce bain des propriétés bienfaisantes. Le soir la ville fut illuminée, et la journée s'acheva dans les festins. (18 août.)

Le lendemain, la fête du prophète ne fut pas célébrée avec moins de pompe. Le général en chef se rendit à la grande mosquée, s'assit sur des coussins, les jambes croisées comme les scheiks, et récita avec eux les litanies du prophète, qui comprenaient sa vie entière. Il assista ensuite à un magnifique repas, donné par le grand scheik, élu dans la journée, et reconnu pour le premier descendant de Mahomet. Ce n'était pas une chose puérile de flatter ainsi les mœurs des Arabes et des scheiks. En s'associant à leurs fêtes, Bonaparte augmentait son ascendant et leur inspirait plus de confiance.

§ VI.

La possession du Kaire avait facilité la conquête de la basse et moyenne Égypte. Quelques divisions, conduites par des généraux intrépides, l'avaient accomplie sans résistance sérieuse. Desaix attendait l'automne pour suivre avec vigueur ses opérations contre Mourad-bey et ses Mamelucks. Partout la fortune semblait sourire à l'armée française, et ce fut au milieu des plus belles espérances qu'arriva la nouvelle de la plus terrible catastrophe : la destruction de notre flotte dans la rade d'Aboukir.

Bonaparte, à son départ d'Alexandrie, avait fortement recommandé à l'amiral Brueys de mettre son escadre à l'abri des Anglais, soit en la faisant entrer dans le vieux port, soit en la dirigeant sur Corfou, si cela ne pouvait s'effectuer. Nos marins avaient prétendu que le canal menant au port d'Alexandrie n'était pas accessible aux vaisseaux de ligne; des sondes, faites par les ordres du général en chef, prouvèrent que ceux de 74 pouvaient passer. Il pressa cette opération. L'amiral Brueys la trouvait hasardeuse, et persuadé qu'il serait bloqué par trois vaisseaux dans ce défilé, d'où il ne pourrait jamais sortir, il préférait tenir la mer. Il s'était enfin décidé à partir pour Corfou; mais étant fort attaché au général en chef, il ne voulut pas mettre à la voile sans avoir des nouvelles de son entrée au Kaire et de l'établissement de l'armée française : tout cela fit perdre un temps précieux, et amena le désastre le plus funeste.

L'amiral s'était embosés, en attendant, dans la rade d'Aboukir. Cette rade forme un demi-cercle très-régulier. Nos treize vaisseaux étaient rangés en demi-cercle, à quelque distance du rivage. La gauche était protégée par l'îlot d'Aboukir, que l'amiral supposait ne pouvoir être franchi par un vaisseau; aussi y avait-il placé ses bâtiments les plus médiocres. La droite, qui était beaucoup plus accessible, était défendue par ses vaisseaux les plus forts et les mieux commandés. Dans cette situation, il attendait les nouvelles qui devaient décider son départ.

L'amiral Nelson, après avoir parcouru plusieurs points de la Méditerranée, avait enfin obtenu la certitude du débarquement des Français à Alexandrie. Il prit aussitôt cette direction. Le 1er août, vers trois heures après-midi, on signala l'escadre anglaise, forte de 14 vaisseaux de ligne et 2 bricks. Elle s'avança sous toutes voiles vers le mouillage des Français, prit position vers l'îlot d'Aboukir, et annonça clairement le dessein d'attaquer. L'amiral Brueys était à dîner; il fit aussitôt donner le signal du combat. Mais on s'attendait si peu à recevoir l'ennemi, que les batteries étaient à peine disposées sur les vaisseaux, et qu'une partie des équipages se trouvait à terre. L'amiral expédia rapidement des ordres.

A six heures du soir, l'action s'engage par une violente canonnade. Bientôt une partie de la flotte ennemie parvient, par une manœuvre audacieuse, à franchir l'îlot d'Aboukir, et se place entre la terre et nos vaisseaux. Nelson, avec l'autre moitié, nous attaque de front, du côté opposé, nous mettant ainsi entre deux feux. Au bout d'une heure, deux vaisseaux français, écrasés par la mitraille et les boulets, succombent tour à tour. Mais au centre, où était *l'O-*

rient, vaisseau amiral de 120 canons, le feu se soutient avec un acharnement terrible. *Le Bellérophon*, l'un des principaux vaisseaux de Nelson, est démâté et obligé d'amener. D'autres vaisseaux anglais, horriblement maltraités, sont obligés de s'éloigner du champ de bataille. Si dans ce moment, le contre-amiral Villeneuve, qui commandait nos cinq vaisseaux de l'aile droite, fût tombé sur la ligne anglaise, elle eût été écrasée; mais, soit qu'il n'eût pas aperçu les signaux, soit irrésolution inexplicable, il se tint immobile. La nuit arrive, et les deux tiers de notre flotte continuent à se défendre héroïquement.

L'infortuné Brueys avait été blessé deux fois. Vers huit heures, il est renversé par un boulet. Gantheaume, son ami, veut le faire emporter au poste des blessés : « Non, lui dit-il, en recueillant ses forces et lui serrant la main, un amiral français doit mourir sur son banc de quart. » Il expire au bout d'un quart d'heure. Au même instant, le capitaine de pavillon Casabianca ainsi que son capitaine de frégate sont grièvement blessés. Malgré ces malheurs, *l'Orient* redouble de feu et d'intrépidité. D'autres vaisseaux, abandonnés à eux-mêmes, combattent avec le même héroïsme. Mais, vers dix heures, l'incendie éclate au magnifique vaisseau *l'Orient*. Les progrès sont rapides, désespérants, et pourtant il continue toujours à tirer. Spectacle terrible et digne d'une éternelle pitié! Le feu est partout, sur le pont, sur le gaillard, dans toutes les batteries; ce n'est plus bientôt qu'une masse embrasée, vomissant des torrents de flammes et de fumée. Un certain nombre de marins se précipitent dans un canot et s'éloignent. Vers onze heures, des craquements affreux annoncent que l'incendie a déja gagné les poudres. Une vaste gerbe de feu se déploie dans les airs, et tout à coup, avec une explosion épouvantable, le vaisseau, changé en volcan, vomit, au milieu d'une clarté éblouissante, hommes, canons, mâture, vergues et tronçons de bois. Les membres fracassés de *l'Orient*, mêlés à des lambeaux humains, furent lancés à une hauteur prodigieuse. Il y avait encore 500 hommes à bord du vaisseau. Les deux escadres furent criblées de ses débris, et comme ensevelies sous une pluie de fer et de feu. Pendant un quart heure, elles restèrent dans la stupeur et dans un profond silence. Une obscurité lugubre, un silence de mort, régnaient sur toute la rade.

Il y eut un dévouement sublime. Le fils de Casabianca, âgé d'environ dix ans, avait donné, pendant le combat, des preuves de sang-froid et de courage qui furent remarquées. Lorsque le feu eut gagné le vaisseau, il joignit son père au poste des blessés. Quand l'incendie redoubla de violence, que les flammes furent dans toutes les batteries, il ne voulut point l'abandonner. Vainement Casabianca le conjure de s'éloigner, vainement des matelots voulurent le sauver et l'entraîner vers leur chaloupe : ce jeune et héroïque enfant, enlaçant son père dans ses bras, lutta contre toutes les instances et voulut mourir avec lui. Quelques minutes après, tous deux périrent ensemble dans l'explosion...

Ce cruel événement fut soutenu par nos marins avec l'héroïsme de la constance. Les vaisseaux *le Franklin*, *le Tonnant*, *le Peuple Souverain*, *le Spartiate*, *l'Aquilon*, recommencèrent le feu. De trois à cinq heures, il se ralentit de part et d'autre. Entre cinq et six, il redoubla et devint terrible. Qu'eût-ce été, si *l'Orient* n'avait point sauté? Enfin à midi, le combat durait encore, et ne se termina qu'à deux heures, lorsque tous les vaisseaux français furent pris ou détruits. Il s'était prolongé plus de quinze heures. Dans cette journée désastreuse, nos équipages et nos officiers de marine avaient fait des prodiges de valeur. Thévenard, commandant de *l'Aquilon*, était mort sur son banc de quart. Le brave Du Petit-Thouars, capitaine du *Tonnant*, eut les deux cuisses emportées par un boulet. Il voulut rester sur son banc de quart; un autre boulet lui emporta un bras. Il demanda une pipe, fuma pendant quelques minutes, s'écria : « Équipage du « *Tonnant*, ne vous rendez jamais ! » ordonna de jeter son corps à la mer, plutôt que de le laisser tomber au pouvoir des Anglais, et expira à son poste d'honneur.

Tout avait été décidé par l'explosion de *l'Orient*. Cependant si le contre-amiral Villeneuve eût pris part au combat, la fortune ne nous eût point accablés. A minuit encore, il pouvait anéantir l'escadre anglaise; mais il resta paisible spectateur de la bataille, et pendant la nuit et au jour! il attendait, dit-on, des ordres... Mais en fallait-il pour secourir ses camarades, pour prendre sa part des dangers et de la gloire? Pourquoi donc n'a-t-il rien fait? Villeneuve, quoique bon marin, était d'un caractère irrésolu et sans vigueur : nouvel et funeste exemple de cette vérité, que la première qualité de l'officier de marine, après l'expérience, c'est l'audace et l'énergie de résolution. L'amiral Nelson l'avait bien prouvé, en venant attaquer si hardiment notre flotte avec de médiocres vaisseaux : il fut notre ennemi, mais c'était un homme fortement trempé.

Vers deux heures, Villeneuve sortit enfin de son inaction; il coupa ses câbles, et prit le large, emmenant *le Guillaume-Tell* qu'il montait, *le Généreux* et deux frégates. Les trois autres vaisseaux de son aile se jetèrent à la côte sans se battre. Les vaisseaux anglais étaient si maltraités, qu'ils ne purent poursuivre Villeneuve. Leur perte fut considérable, mais ils la cachèrent. L'amiral Nelson fut blessé. La perte des Français fut immense, et leur escadre anéantie: 4000 hommes sur huit mille périrent dans le combat; et sur *treize* vaisseaux, *deux* seulement échappèrent au désastre de cette journée. Il ne nous restait dans le port d'Alexandrie que deux vaisseaux, huit frégates et une vingtaine de bâtiments légers.

Telle fut la célèbre bataille d'Aboukir, la plus désastreuse que la marine française eût encore soutenue, et dont les conséquences devaient influer sur les affaires d'Égypte, et même celles du monde entier. La flotte française sauvée, l'expédition de Syrie n'éprouvait point d'obstacles; l'artillerie de siége se transportait sûrement et facilement au-delà du désert, et Saint-Jean-d'Acre n'arrêtait point notre armée. La flotte française détruite, la Turquie s'enhardit à déclarer la guerre à la France. L'armée perdit un grand appui, sa position en Égypte changea entièrement, et Bonaparte dut renoncer à l'espoir d'assurer à jamais la puissance française dans l'Occident, par les résultats de l'expédition d'Égypte.

La nouvelle de la catastrophe d'Aboukir circula rapidement en Égypte, et causa un instant de désespoir à l'armée. Le général en chef en fut accablé; son génie mesurait d'un coup-d'œil toutes les conséquences d'un si grand désastre. Plus de communication avec la France; plus d'espoir d'y retourner, autrement que par une honteuse capitulation avec un ennemi acharné, et l'objet de la haine de la France. Plus de chances de conserver sa conquête; rien qu'un avenir incertain, orageux et peut-être funeste, par suite de l'inquiétude et de la consternation qui avaient saisi les ames les plus fermes dans l'armée. Cependant il fallait se montrer supérieur à l'adversité. Un aide-de-camp de Kléber lui avait apporté la nouvelle du désastre; il parut l'écouter avec un sang-froid impassible, et répondit avec un ton ferme : « Nous n'avons plus de flotte : eh « bien! il faut rester dans ces contrées, ou en « sortir grands comme les anciens. » Rien ne trahit la profonde douleur dont il fut pénétré. Elle ne se montra que dans l'intimité de deux ou trois personnes, et on l'entendit s'écrier quelquefois avec un accent inexprimable : *Malheureux Brueys, qu'as-tu fait?*

Toutefois, il retrouva promptement ce sang-froid qui domine les événements; ce courage moral, cette force de caractère, cette élévation de pensées, qui avaient fléchi un moment sous la grandeur même de la catastrophe. Dissiper l'inquiétude et la stupeur qui avaient frappé les esprits, secourir les débris de nos marins dans leur détresse, honorer par des éloges et des regrets publics les braves officiers qui avaient péri, rétablir l'ordre partout, et ranimer l'enthousiasme de la gloire dans l'armée, tels furent ses premiers soins dans ces graves circonstauces. Sans lui, sans la confiance qu'inspirait son génie, que serions-nous devenus! Il écrivit à Kléber, alarmé de la prépondérance maritime des Anglais : « Ceci « nous obligera à faire de plus grandes choses « que nous n'en voulions faire; il faut nous te- « nir prêts. » La grande ame de Kléber était digne de ce langage : « Oui, lui répondit ce gé- « néral, il faut faire de grandes choses, et je « prépare déjà toutes mes facultés. » Le courage de ces grands capitaines soutint l'armée, et en rétablit le moral.

§. VII.

La flotte était perdue; il fallait trouver des ressources pour nous affermir dans la possession de l'Égypte. Bonaparte sentit combien il était important de gagner l'esprit des habitants. C'est dans ce but qu'il s'associa à la fête solennelle et populaire du Nil, qu'il célébra avec les scheiks celle du prophète, qu'il assista souvent aux cérémonies de leurs mosquées, et qu'en toute occasion, il leur témoignait les plus grands égards.

L'armée et l'administration n'occupaient pas moins son activité. Il fallait pourvoir au bien-être de l'une, et imprimer une marche vigoureuse à l'autre. Le climat est sain dans toute l'Égypte, mais deux fléaux y exercent souvent leurs ravages, la peste et l'ophthalmie. La première se manifeste presque chaque année sur les côtes. Bonaparte ordonna l'établissement de lazarets à Alexandrie, à Rosette et à Damiette; il en fit construire un très-beau près du Kaire, et il y mit en vigueur tout le système des lois sanitaires de Marseille. Divers hôpitaux furent formés dans les vastes maisons des beys fugitifs. L'ophthalmie ou les maux d'yeux incommodaient extrêmement les soldats; plus de la moitié en furent atteints. Cette maladie provient, dit-on, de deux causes: des sels qui se trouvent dans le sable et la poussière, et affectent nécessairement la vue, et de l'irritation que produit le défaut de transpiration pendant des nuits très-fraîches qui succèdent à une chaleur brûlante. Quoi qu'il en soit, elle résulte évidemment du climat. Saint Louis, de retour de son expédition d'Orient, ramena une foule d'aveugles, et c'est ce qui donna lieu à l'établissement de l'hospice des Quinze-Vingts à Paris. Traitée par de simples procédés d'hygiène et de médecine, l'ophthalmie n'avait rien de dangereux. Quelques semaines d'hôpital suffisaient. Le général en chef veillait avec une extrême sollicitude sur tout ce qui pouvait prévenir les maladies, ou en abréger la durée : c'était le texte habituel de ses ordres du jour.

Vaincre et chasser les Mamelucks, soumettre les populations diverses, affermir sa colonie naissante, c'était déjà beaucoup pour Bonaparte; mais son génie élevé ambitionnait de la gloire dans tous les genres. C'est dans cette pensée qu'il fonda au Kaire un *Institut* des sciences et des arts, où entrèrent les membres de l'Institut de France, les savants et artistes de la commission étrangers à ce corps, et plus tard les officiers d'artillerie et d'état-major distingués par leurs connaissances. (20 août.)

Explorer les merveilles de l'Égypte pour en enrichir la France et l'Europe, fouiller et décrire les monuments antiques des divers siècles; utiliser toutes les ressources du pays, en créer de nouvelles, pour améliorer le sort des habitants, la culture des terres et la répartition des eaux; ramener sur les rivages du Nil les sciences et les arts qui en étaient depuis si long-temps exilés, faire renaître enfin la civilisation au milieu d'un peuple abruti par la misère et le despotisme; telle était la mission de l'Institut d'Égypte. C'était lui ouvrir une glorieuse et utile carrière. Nos savants la parcoururent avec un zèle admirable. Honneur à leurs services, à leurs travaux profonds, à leurs découvertes scientifiques! eux aussi, ils ont recueilli, comme nos soldats, des lauriers qui ne doivent jamais se flétrir. A la suite et à l'exemple de l'armée, la science fit des prodiges, et laissa sur le sol de la conquête des bienfaits durables.

Cet Institut était partagé en quatre sections, mathématiques, physique et histoire naturelle, économie politique, littérature et beaux-arts. Une maison spacieuse, ornée d'un jardin, fut consacrée aux séances, à des collections de machines, d'instruments apportés de France, aux produits curieux du pays dans les trois règnes, et au logement des savants.

Monge fut nommé président, Bonaparte vice-président, Fourier secrétaire perpétuel, et Costaz secrétaire adjoint. Les mœurs simples des savants; leurs constantes occupations, les égards que leur témoignait l'armée, leur utilité pour la fabrication des objets d'art et de manufacture pour lesquels ils étaient en relation avec les artistes du pays, leur acquirent bientôt la considération et le respect de toute la population. Rendons hommage aux noms illustres de Fourier, Andréossy, Monge, Girard, Say, Berthollet,

Geoffroy-Saint-Hilaire, Larrey, Desgenettes, Dubois, Jomard, Caffarelli, Sulkowsky, Conté, Denon et Parseval de Grandmaison. La plupart sont dans la tombe; quelques-uns survivent, nobles débris de cette expédition savante! Astronomie, géographie, système d'irrigation du Nil, culture des terres, introduction de divers produits, histoire naturelle, dessin des monuments antiques, explication de ces hiéroglyphes mystérieux gravés sur les tombeaux et les granits des temples, nos savants embrassèrent et se partagèrent tous les travaux. Lorsque la Haute-Égypte fut conquise, l'année suivante, toute la commission des savants s'y rendit pour s'occuper de la recherche des antiquités. C'est à leurs travaux réunis que l'on doit le magnifique ouvrage sur l'Égypte, rédigé et gravé sous L'EMPEREUR, et qui a coûté des millions : monument qui doit partager l'immortalité des ruines et du pays dont il offre la description.

L'armée française s'était associée aux fêtes de l'Égypte. Bonaparte appela à son tour les Égyptiens à une fête française et nationale. Le 1er vendemiaire an VII allait ramener un jour cher à des cœurs patriotes, celui de la fondation de la République. Le général en chef voulut consacrer dignement ce célèbre anniversaire (22 septembre). Il traça lui-même les dispositions de son ordre du jour, et prescrivit une fête civique sur tous les points où se trouvait l'armée.

A Alexandrie, les troupes furent appelées à

la célébrer autour de la colonne de Pompée. Le pavillon tricolore devait flotter à son sommet, et sur la colonne devait être inscrit le nom des braves morts à la prise de la ville. Ces quarante noms sortis des villages de France étaient ainsi associés à l'immortalité des plus beaux monuments.

Dans la Haute-Égypte, c'était sur les antiques ruines de Thèbes, la ville aux cent portes, que les troupes devaient se réunir et célébrer ce grand jour.

Au Kaire, des préparatifs plus magnifiques eurent lieu. Un vaste cirque fut construit dans la principale place, et le pourtour était décoré de 109 colonnes qui portaient chacune un drapeau tricolore, et chaque drapeau le nom d'un département. Cette enceinte avait deux entrées : l'une s'élevait en arc de triomphe, où était représentée la bataille des Pyramides; l'autre formait une espèce de portique, où un verset arabe rappelait la devise chère aux Musulmans : *Il n'y a point d'autre Dieu que Dieu, et Mahomet est son prophète.* Au milieu du cirque s'élevait un obélisque de granit de 70 pieds de hauteur, avec des inscriptions en lettres d'or. Sur le tertre environnant, sept autels de forme antique supportaient des trophées d'armes, surmontés de drapeaux tricolores et de couronnes civiques. Au milieu de ces trophées figuraient les noms des braves morts durant la conquête de l'Égypte.

Le 1er vendémiaire an VII, le drapeau tricolore, planté sur la plus haute des pyramides, annonça aux habitants du Kaire la fête de la République. Le général en chef, accompagné par un nombreux état-major, les généraux, les membres de l'Institut, les chefs d'administration, les scheiks et le divan de la ville, et diverses députations, se rendit le matin sur la vaste place d'Esbékieh. Un peuple immense était accouru. Les troupes, après avoir exécuté, avec une admirable précision, les manœuvres et exercices à feu ordonnés par Bonaparte, vinrent se ranger autour de l'obélisque. Alors un adjudant-général lut cette proclamation adressée à l'armée :

« Soldats, disait le général en chef, nous cé-
« lébrons le premier jour de l'an VII de la Ré-
« publique.

« Il y a cinq ans, l'indépendance du peuple
« français était menacée; mais vous prîtes Tou-
« lon, ce fut le présage de la ruine de vos en-
« nemis.

« Un an après, vous battiez les Autrichiens à
« Dégo.

« L'année suivante, vous étiez sur le sommet
« des Alpes.

« Vous luttiez contre Mantoue, il y a deux
« ans, et vous remportiez la célèbre victoire de
« St.-Georges.

« L'an passé, vous étiez aux sources de la
« Drave et de l'Isonzo, et de retour de l'Alle-
« magne.

« Qui eût dit alors que vous seriez sur les

« bords du Nil, au centre de l'ancien continent?

« Depuis l'Anglais, célèbre dans les arts et le « commerce, jusqu'au hideux et féroce Bédouin, « vous fixez les regards du monde.

« Soldats, votre destinée est belle, parce que « vous êtes dignes de ce que vous avez fait, et « de l'opinion que l'on a de vous. Vous mourrez « avec honneur comme les braves dont les noms « sont inscrits sur cette pyramide, ou vous re- « tournerez dans votre patrie, couverts de lau- « riers et de l'admiration de tous les peuples.

« Depuis cinq mois que nous sommes éloignés « d'Europe, nous avons été l'objet perpétuel des « sollicitudes de nos compatriotes. Dans ce jour, « quarante millions de citoyens célèbrent l'ère « des gouvernements représentatifs; quarante « millions de citoyens pensent à vous. Tous di- « sent : C'est à leurs travaux, à leur sang, que « nous devrons la paix générale, le repos, la « prospérité du commerce et les bienfaits de la « liberté civile. »

En retraçant ainsi à ses soldats leur glorieuse histoire, Bonaparte rappelait la sienne. Aucun trait, aucune allusion n'échappa à leur enthousiasme. Un mouvement électrique saisit l'armée, au souvenir des triomphes passés, au souvenir de la patrie absente; les cris de *Vive Bonaparte! Vive la République!* se confondirent au milieu d'unanimes acclamations. La musique des régiments exécuta un hymne guerrier, composé pour la circonstance, et fit long-temps entendre les airs patriotiques de la *Marseillaise* et du *Chant du départ.*

Le même jour, le général en chef réunit à un magnifique festin de deux cents couverts ses principaux officiers, les membres de l'Institut et tous les Turcs ou Arabes de distinction. Une vaste galerie avait été embellie d'ornements analogues à la fête. Le drapeau musulman flottait à côté du drapeau tricolore. Au sommet de faisceaux d'armes se confondaient, par une alliance singulière, le Croissant et le Bonnet de la liberté, le Koran et les Droits de l'homme. C'était un tableau curieux et imposant que cette réunion d'officiers français et de Turcs, si différents par le costume, les mœurs, le caractère. Du reste, les plus grands égards présidèrent à la fête, et les Musulmans se retirèrent enchantés de notre politesse.

Des courses à pied, des courses de chevaux où des coursiers arabes furent vaincus par les nôtres, une brillante illumination et des danses, où nos soldats regrettaient vivement l'absence des femmes égyptiennes, terminèrent cette journée. Les Turcs et les Arabes assistèrent à ce spectacle européen sans paraître émerveillés. Mais ce qui fit sur eux une profonde impression, ce fut le nombre des troupes, les évolutions de l'artillerie et la tenue admirable de tous les corps.

Ce fut peu après cette fête que se répandit en Egypte la nouvelle de la déclaration de guerre de la Turquie contre la France. Bonaparte, à peine établi au Kaire, avait employé toute son habileté pour rassurer la Porte, en cherchant à lui persuader qu'il n'était venu que pour châtier les beys dont elle avait à se plaindre, pour ruiner le commerce des Anglais aux Indes, et rendre à l'Égypte l'entrepôt de l'Orient. A son départ de Paris, il avait été convenu que Talleyrand irait à Constantinople, comme ambassadeur, pour suivre les négociations dans ce sens; mais ce fin renard craignait trop la prison des *Sept Tours*. Il trouva des prétextes pour confier cette mission à un subalterne, resta à Paris, et laissa un libre champ aux intrigues de la Russie et de l'Angleterre. Cependant la Porte balançait encore à se déclarer contre nous, car notre flotte pouvait d'un moment à l'autre foudroyer Constantinople avec son artillerie. Mais le désastre d'Aboukir fixa toutes ses incertitudes. Les ministres anglais entraînèrent le sultan et le divan, en nous représentant comme perdus sans espoir par la destruction de la flotte, et le 1er septembre, notre chargé d'affaires à Constantinople fut conduit aux Sept Tours, et une déclaration de guerre publiée.

Notre établissement en Égypte, malgré l'habile politique de Bonaparte, n'avait pu se faire sans froisser beaucoup d'intérêts, de passions et de préjugés. Les Égyptiens souffraient impatiemment les mesures d'hygiène et de police prescrites par l'administration, l'ordre de porter la cocarde tricolore, et surtout les droits nouveaux de timbre et d'enregistrement, qu'il avait fallu établir pour assurer la solde de l'armée, et qui atteignaient toutes les propriétés. Qu'on ajoute à cela les vieilles haines des Musulmans contre les Cophtes, les Juifs et les Grecs, que notre présence avait relevés de leur abaissement, et que Bonaparte avait spécialement chargés de recouvrer les impôts. Aussi, malgré le calme extérieur, fermentait, au fond des esprits, un levain d'insurrection. De sourdes rumeurs, des bruits malveillants circulaient dans la populace. Il existait dans la grande mosquée d'*El-Azhar* (*des fleurs*) un comité conspirateur, ralliant autour de lui les passions et les haines de tous les partis, et où les agents secrets de Mourad et d'Ibrahim s'efforçaient de réchauffer le fanatisme des scheiks dont le général en chef n'avait pas accepté les services.

Le manifeste de la Porte Ottomane, évidemment inspiré par l'Angleterre, et tout rempli d'une haine violente contre la France et les Français, devint une arme puissante entre les mains des conspirateurs. Il faisait mentir les proclamations de Bonaparte. Il appelait tous les Musulmans *à la guerre sainte*. Il fut répandu avec profusion en Égypte et au Kaire, et contribua beaucoup à exalter les passions. Les imans et docteurs musulmans soufflaient partout l'esprit de désordre et prêchaient le massacre des Français au nom d'Allah. Du haut des minarets, les muézins ou crieurs des mosquées, chargés de rappeler aux fidèles l'heure de la prière, leur annonçaient de se tenir prêts pour la *guerre sacrée*. On organisa ainsi le plan d'une insurrection générale qui devait éclater partout et à jour fixe. Le secret en fut gardé avec une constance que peuvent seuls inspirer le fanatisme religieux et la haine de la conquête étrangère. Les Français, trompés par le calme apparent, n'avaient ni défiance, ni soupçons. L'orage éclata tout à coup avec la plus grande violence (21 octobre).

Le dernier signal fut donné du haut des minarets, dans la nuit du 20 au 21, et dès le matin, on vint annoncer au quartier-général qu'une foule immense et furieuse circulait dans les rues, que toutes les boutiques étaient fermées, les Français attaqués et égorgés partout, et la ville du Kaire en pleine insurrection. Le général Dupuy, commandant du Kaire, s'était d'abord fait illusion sur le caractère de l'émeute, et se contenta d'envoyer quelques patrouilles. Mais il vit bientôt, aux progrès de la révolte et aux excès déjà commis, qu'elle était sérieuse et préméditée. Alors il monte à cheval, accompagné de son aide-de-camp et d'un simple piquet de dragons. Le sabre à la main, il chasse devant lui la misérable populace qui poussait des hurlements confus. Arrivé dans les rues des Vénitiens, à travers une grêle de pierres ou de solives lancées des maisons, il est assailli par une foule immense et plus furieuse. Un chef de police turc, voulant lui frayer un passage, tire un coup de tromblon sur le groupe le plus acharné. En même temps, le général Dupuy, à la tête de ses dragons, charge avec vigueur les révoltés. Mais le coup de feu avait porté au comble la rage populaire. Une centaine de furieux se précipitent sur les Français avec des piques, des sabres et des poignards. Le brave Dupuy est frappé mortellement d'un coup de lance à l'aisselle gauche. Par un dernier effort, il donne la main à son aide-de-camp qui venait d'être renversé de cheval; mais le sang jaillit par bouillons de la plaie, il s'affaiblit et tombe sans connaissance. Cependant les dragons parviennent à disperser les assaillants, et le général est transporté mourant chez son ami Junot. Là, malgré tous les soins qui lui furent prodigués, il expira après quelques minutes d'agonie.

Illustre et malheureux Dupuy, c'est donc là ce que te réservait la destinée! Tu avais échappé aux mille dangers de la guerre, et c'est pour succomber sous la main de misérables assassins! Solidaire de la gloire immortelle que s'était acquise en Italie la 32ᵉ demi-brigade, dont il avait été commandant, nommé général de brigade sur le champ de bataille des Pyramides, il était entré le premier avec moins de 200 hommes au Kaire, dans une ville de 300,000 ames, et il meurt au moment de s'illustrer encore par de nouveaux services! En apprenant cette funeste nouvelle,

Bonaparte fut saisi d'une douloureuse émotion et s'écria : « J'ai perdu un ami, l'armée un brave, et la France un de ses plus généreux défenseurs. » Plus tard, premier consul, il ordonna qu'un monument lui serait élevé sur une place de Toulouse, où il était né (1).

Aussitôt le général en chef monte à cheval, se porte sur tous les points menacés, ranime le courage et la confiance, et ordonne avec une grande présence d'esprit de vigoureuses dispositions pour la défense. Les troupes se mettent en mouvement dans toutes les directions ; mais déjà les insurgés avaient organisé dans les rues des barricades, à l'abri desquelles commença une fusillade meurtrière. La canaille de la ville se livrait au massacre et au pillage, et la foule roulait çà et là, violente et furieuse, comme les vagues de l'Océan soulevé. Il fallait nettoyer les avenues du quartier-général. De nombreux détachements d'infanterie sillonnèrent les rues principales, faisant de vives fusillades, et délogeant à la baïonnette les séditieux abrités derrière leurs barricades. Ce mouvement obtint un résultat complet. Les Égyptiens, refoulés en masse au sein d'un seul quartier, furent obligés de se jeter en désordre dans la grande mosquée d'El-Azhar. Quinze mille d'entre eux, les plus fanatiques, prirent position, et firent le serment de s'y défendre

(1) Il ne fut point exécuté. La restauration n'y songea point, et la révolution de 1830 a le mérite d'avoir réveillé ce noble souvenir et cette dette d'honneur. Ce monument est commencé. (Éditeur).

jusqu'à la mort. La mosquée et ses dépendances furent aussitôt protégées par des barricades, et cette position devint le foyer central de la révolte.

Telle fut la première journée. La nuit ramena le calme, car les Orientaux se font un scrupule religieux de guerroyer après le coucher du soleil. Bonaparte en profita pour organiser son plan d'attaque et concentrer ses troupes. Il fait de plus établir une batterie d'artillerie sur une hauteur qui dominait à 50 toises de la grande mosquée. Le lendemain, aux premiers rayons du jour, recommence le combat et la fusillade. Les Arabes et les Bédouins, suscités par les émissaires des révoltés, se pressent par milliers aux portes de la ville, armés de sabres, de pistolets, de fusils, et poussant des cris sauvages et horribles. Nos colonnes de grenadiers marchent hardiment à leur rencontre, et par un feu roulant, mais non sans résistance, les dispersent et les rejettent dans le désert. D'autres détachements sont chargés de recevoir les hordes qui venaient envahir le Kaire. Criblées de balles, chargées par la cavalerie, elles sont obligées de fuir en désordre.

Ce fut dans une excursion de ce genre que périt le jeune et intrépide Sulkowsky, aide-de-camp du général en chef. Il venait, à la tête de quinze guides, de chasser des Bédouins à cheval, lorsqu'il fut assailli à la porte Bab-el-Nasr par la populace ameutée. S'élançant le sabre à la main, il se fait jour à travers les groupės avec sa faible escorte. Malheureusement son cheval s'abat et le renverse. Il est aussitôt entouré et massacré. Un seul guide, sur quinze, vint tout sanglant annoncer à Bonaparte ce funeste événement. Ce jeune Polonais était un officier de la plus haute espérance. Plein d'esprit et d'instruction, aussi distingué par sa bravoure que par ses qualités sociales, il fut amèrement regretté du général en chef et de l'armée. Plus d'une fois Bonaparte, consul et empereur, rappela dans les moments de crise son aide-de-camp de prédilection : « Si j'avais ici, disait-il, mon pauvre Sulkowsky !.... »

Il fallait en finir avec cette misérable canaille de brigands et d'assassins, avec ces fanatiques de la mosquée qui tiraillaient sans cesse, et recevaient à coups de fusil le divan et les principaux scheiks que Bonaparte avait envoyés comme négociateurs pour offrir le pardon. L'artillerie commença à lancer des bombes, des boulets et de la mitraille. Le bombardement continua avec vigueur durant plusieurs heures. Alors se répandit la terreur, avec l'incendie et la ruine de diverses parties de la mosquée et des maisons voisines. On dit même que, par un phénomène assez rare en Égypte, le tonnerre mêla ses éclats bruyants aux détonations de l'artillerie. Les rebelles, consternés de ces signes célestes, et se débattant au milieu des flammes et des débris croulants de la mosquée, demandèrent à capituler. « Non, ré-« pondit le général en chef aux parlementaires,

« vous avez refusé ma clémence quand je vous « l'offrais, l'heure de la vengeance est sonnée; « vous avez commencé, c'est à moi de finir. » Réduits au désespoir, les rebelles cherchèrent à se faire jour les armes à la main; ils tombèrent sous les baïonnettes des soldats. Enfin, à huit heures du soir, Bonaparte arrêta le carnage et fit publier le pardon dans les rues du Kaire. Cette révolte avait duré trois jours, et trois cents Français y succombèrent sous les coups du fanatisme. Parmi ces victimes, on comptait des savants, des ingénieurs, des officiers d'un mérite distingué. Le reste se composait de ces intrépides soldats d'Italie, dont la perte était irréparable. Les insurgés perdirent environ quatre mille hommes (1).

Beaucoup de prisonniers avaient été conduits à la citadelle. La plupart furent successivement décapités la nuit. Quatorze scheiks avaient pris une part active à l'insurrection; la moitié fut punie du dernier supplice. Les autres étaient en fuite. Le divan fut supprimé, le Kaire placé entièrement sous le régime militaire, et une contribution extraordinaire imposée, comme indemnité et comme châtiment. Le canon qui avait foudroyé le Kaire retentit dans toute l'Égypte, et ne contribua pas peu à contenir dans la sou-

(1) Le pinceau de Girodet a retracé, d'une manière grande et magnifique, un épisode de la révolte du Kaire. Ce tableau est maintenant au Musée du Louvre.

mission et l'obéissance ceux qui auraient été tentés de se révolter.

Depuis ce moment, les choses reprirent dans la ville leur cours ordinaire. Deux mois après, l'expérience ayant fait sentir à Bonaparte l'utilité du divan pour agir sur le peuple, ce conseil politique et civil fut rétabli avec des modifications. Le général en chef eut l'habileté de présenter comme une grace et une faveur de sa haute clémence cette mesure d'adroite politique. Elle causa une allégresse générale, et opéra la réconciliation entre les Français et les Égyptiens. Mais décidé à prévenir le retour de sanglantes émeutes, Bonaparte ordonna autour du Kaire divers travaux de fortifications. Bientôt la ville fut environnée d'une chaîne de forts, de bastions et de redoutes, auxquels on donna le nom des officiers qui avaient succombé en Égypte. Il fallait la crainte autant que la justice pour subjuguer l'esprit inconstant de cette population ardente et fanatique. Ces fortifications étaient redoutables et de nature à consolider notre conquête.

§ VIII.

L'occupation de la Haute-Égypte et la libre navigation du Nil étaient nécessaires à notre établissement dans ce pays. Depuis la défaite des Pyramides, Mourad-bey avait recueilli tous ses Mamelucks, et s'était concentré dans le *Fayoum*. Desaix partit avec sa division de 3000 hommes, au moment où l'inondation finissait, vers la fin du mois d'août. Quelques bâtiments armés en guerre devaient remonter le Nil et accompagner sa marche. L'ennemi se retira devant les troupes, à mesure qu'elles avançaient, et ne les attendit qu'à Sédhyman.

En s'écartant du Nil, le général Desaix aperçut, dans une vallée entourée de monticules, les Mamelucks rangés en bataille. Ils étaient là, au nombre de 4000 environ, avec 8000 Arabes pour auxiliaires, tandis que les Français comptaient à peine 3000 hommes dans leurs rangs. Desaix fit former sa troupe en grand carré, avec deux petits carrés de flanc, disposés dans le même ordre. Il avait recommandé aux grenadiers de ne faire feu qu'à portée : « A dix pas, géné« ral, répondirent les braves de la 21e légère; « nous ne tirerons pas avant. » Les Mamelucks, supérieurs en nombre, se précipitèrent avec la plus grande impétuosité sur le front du grand carré; mais, accueillis par un feu terrible, ils se rejetèrent sur les carrés de flanc. Celui de droite, ébranlé par le choc, ouvrit passage à quelques cavaliers. Cette trouée aurait pu devenir fatale, lorsque par un instinct subit et admirable, nos braves soldats se couchèrent aussitôt à terre, pour que les grands carrés pussent faire feu sans les atteindre. Les Mamelucks, passant sur leurs corps, chargèrent avec furie les autres carrés, pendant plusieurs heures de suite, et vinrent expirer en désespérés sur les baïonnettes. On en vit, dans leurs transports de rage, chargeant toujours et toujours repoussés, lancer violemment à la tête des Français les armes qui avaient si mal servi leur courage, tromblons, haches, poignards, pistolets et sabres. Ils se replièrent enfin de lassitude. Le général Desaix saisit un moment de répit, pour recueillir les blessés qui se trouvaient sur le champ de bataille.

Tandis qu'il remplissait ce pieux devoir, Mourad-bey avait établi huit pièces de canon sur un monticule voisin. Cette artillerie imprévue et bien dirigée change un instant l'aspect de la bataille. Chaque décharge faisait tomber huit à dix hommes; les rangs s'éclaircissaient, et la position devenait très-critique. Reculer devant le feu de Mourad, rester en place, était également dangereux. Marcher aux canons, c'était exposer les malheureux blessés à la fureur des Arabes qui cernaient le champ de bataille. Il hésite, l'ame brisée. Enfin il donne l'ordre d'enlever l'artillerie, et fait battre le pas de charge : « Vaincre ou « mourir! s'écria-t-il en s'élançant. — Vaincre! » répondit l'aide-de-camp Rapp. Et nos soldats, malgré la mitraille, gravissent le monticule, se précipitent sur les pièces, chassent ou massacrent les artilleurs. Les Mamelucks étonnés essayent encore sur le carré une charge inutile; ils se dispersent et opèrent leur retraite à travers le désert. Jamais plus de morts n'avaient jonché le champ de bataille. Les Français perdirent 300 hommes, perte irréparable. Un grand nombre d'Arabes et 400 Mamelucks d'élite restèrent couchés sur le sable. Cette victoire décisive contre des forces quintuples les découragea pour long-temps. Les beys évitèrent les batailles rangées et se bornèrent à une guerre de partisans. (7 octobre 1798.)

La division du général Desaix continua sa marche, tantôt en longeant le Nil, tantôt en s'avançant vers le désert pour chasser des hordes d'Arabes brigands. Pendant qu'elle se reposait de ses fatigues, elle reçut du Kaire 1000 hommes de cavalerie et 3 pièces d'artillerie légère, secours précieux contre un ennemi qui attaquait à l'improviste, et disparaissait au milieu des sables. Dans le mois de décembre, le général Desaix arriva à Girgeh. Il était accompagné de la commission des sciences. Les savants affrontaient journellement, pour leurs travaux, les fatigues et les dangers de la guerre. Denon fut le premier qui alla explorer la Haute-Égypte, cette terre si riche en monuments, si fertile en grands souvenirs, couverte de tout temps, et encore plus dans ses ruines que dans sa splendeur, des voiles du mystère.

Après un séjour assez long, Desaix continua sa marche, et rencontra enfin près de Samhoud l'intrépide Mourad-bey qui tout en fuyant avait soulevé les tribus arabes du désert, et se présentait avec des forces considérables. Là s'engagea une bataille acharnée. C'était toujours le même ordre d'attaque. Des nuées de cavaliers arabes et de fantassins se précipitaient avec de grands cris sur nos carrés; les Mamelucks bondissaient dans tous les sens pour les entamer. Mais la tactique savante et hardie de nos soldats triompha encore cette fois. La victoire de Samhoud jeta l'épouvante parmi les nombreux alliés de Mourad; le nom de Desaix fut craint et respecté, non-seulement dans la Haute-Égypte, mais encore dans l'Éthiopie et les déserts de l'Arabie. (22 janvier 1799.)

L'armée, en remontant le Nil, traversa des ruines magnifiques. A Denderah, l'ancien Tentyris, elle vit avec un sentiment de respect et d'admiration le temple majestueux élevé avec des pierres massives. Savants, officiers, et soldats eux-mêmes restèrent dans une muette extase, tant il y avait de grandeur belle et simple dans ce monument. Denon le parcourait avec enthousiasme, dessinant les objets les plus saillants. Il reconnut le célèbre zodiaque de Denderah, qui depuis est venu enrichir le Musée de Paris.

Le 26 janvier, au matin, la division, en doublant la pointe d'une chaîne de montagnes, découvrit tout-à-coup un vallon tout hérissé de ruines merveilleuses. C'était Thèbes, la cité chantée par Homère, *la ville aux cent portes*, avec ses vieilles colonnades et ses obélisques primitifs. A l'aspect de ces ruines gigantesques, l'armée entière fut saisie d'enthousiasme, et tous les rangs retentirent d'applaudissements, comme si elles eussent été le but de ses glorieux travaux, et si elles avaient complété sa conquête. Ces ruines couvrent un espace de plus de deux lieues de long, et sont semées de deux ou trois villages habités par les Arabes. De tous côtés s'offrent aux regards et à l'admiration des colonnes, des obélisques, des statues colossales en granit, des avenues de sphinx, des palais encore magnifiques dans leurs débris, des temples majestueux dans des proportions gigantesques. Tel est le spectacle extérieur : mais quand on pénètre dans ces palais, dans l'intérieur des temples, alors se révèlent des peintures éclatantes de coloris, des inscriptions hiéroglyphiques à l'infini, des sculptures du travail le plus parfait. Il est des salles d'une grandeur immense; la plus vaste de nos églises, Notre-Dame de Paris, y tiendrait tout entière.

Les recherches des savants n'arrêtèrent pas les progrès de notre armée. De ville en ville, de ruines en ruines, elle arriva enfin à Syène et à Philæ, extrémités de la Haute-Égypte. Il fallut quatre mois de combats et de fatigues pour accomplir cette conquête. Les Mamelucks toujours battus s'étaient dispersés; la plupart des tribus arabes avaient donné des otages. Environné des débris de ses cavaliers, l'infatigable Mourad restait encore debout, mais il était peu à craindre.

Ce fut dans l'île de Philæ, où se trouvent des monuments dont l'existence remonte à 2500 ans avant Jésus-Christ, que le général Desaix fit graver sur un temple antique cette inscription, témoignage des succès de sa division.

L'AN 6 DE LA RÉPUBLIQUE, LE 13 MESSIDOR,
UNE ARMÉE FRANÇAISE,
COMMANDÉE PAR BONAPARTE,
EST DESCENDUE A ALEXANDRIE.
L'ARMÉE AYANT MIS, VINGT JOURS APRÈS,
LES MAMELOUKS EN FUITE AUX PYRAMIDES,
DESAIX COMMANDANT LA PREMIÈRE DIVISION,
LES A POURSUIVIS AU-DELA DES CATARACTES,
OU IL EST ARRIVÉ
LE 13 VENTOSE DE L'AN 7.
LES GÉNÉRAUX DE BRIGADE
DAVOUST, FRIANT ET BELLIARD,
DONZELOT, CHEF DE L'ÉTAT-MAJOR,
LATOURNERIE, COMMANDANT L'ARTILLERIE,
3 MARS, AN DE J. C. 1799.
GRAVÉ PAR CASTEIX, SCULPTEUR.

Libre des soins de la guerre, Desaix ne s'occupa plus que d'administration. Il divisa la Haute-Égypte en deux gouvernements, dont les chefs-lieux furent Syout et Quéné. Il se réserva le premier, et confia le second à Belliard. Leurs soins éclairés firent fleurir l'agriculture, le commerce et la concorde. La Haute-Égypte offrit l'aspect d'un peuple heureux, soumis à un gouvernement paternel : « Cela ressemble, disaient « les Égyptiens, au temps du scheik prince Amman.» C'était un Arabe puissant, dont la justice vivait toujours dans leur mémoire. Ils donnaient à Bonaparte le nom de *Grand Sultan*, et à Desaix, dont ils chérissaient la haute équité, celui de *Sultan juste.*

CHAPITRE II.

Expédition de Syrie (février = juin 1799). — Prise du fort El-Arisch, de Gazah, de Jaffa. — Siége de Saint-Jean-d'Acre (20 mars = 20 mai). — Bataille du Mont-Thabor (16 avril). — L'armée d'Orient lève le siége de Saint-Jean-d'Acre, après 60 jours de tranchée ouverte. — Pestiférés de Jaffa. — Retour de l'armée au Kaire (14 juin). — Descente des Turcs à Aboukir; victoire de Bonaparte (25 juillet). — Bonaparte quitte l'Égypte (22 août). — Kléber, général en chef de l'armée d'Orient. — Bataille d'Héliopolis (20 mars 1800). — Assassinat de Kléber (14 juin). — Menou, général en chef. — Descente d'une armée anglaise en Égypte. — Bataille de Canope (21 mars 1801). — Capitulation d'Alexandrie : l'armée française quitte l'Égypte (2 septembre 1801).

§ I.

Pendant ce temps, Bonaparte, toujours occupé au Kaire, poursuivait avec activité ses travaux d'administration, ou faisait des excursions scientifiques avec quelques membres de l'Institut. C'est ainsi qu'il alla reconnaître la ville et le port de Suez, à l'extrémité de la mer Rouge. Il chercha et découvrit les traces de l'ancien canal qui autrefois communiquait au Nil. Un ingénieur acheva la reconnaissance et publia là-dessus un beau travail (décembre 1798).

L'hiver s'écoula dans l'attente des événements; mais le général en chef avait les yeux constamment fixés sur la Syrie, où s'annonçait un prochain orage. Déjà il avait essayé les voies de la négociation avec le célèbre pacha de St-Jean-d'Acre, Achmet, surnommé *Djezzar* ou le *boucher*. Ce pacha devait ce surnom à ses nombreuses cruautés et s'en faisait gloire. C'était un vieillard doué de beaucoup d'énergie, plein de ruses et d'habileté, mais implacable dans son ambition et ses vengeances. Il avait refusé avec dédain de recevoir le premier envoyé de Bonaparte, le chef de bataillon Beauvoisins, et plus tard il avait jeté dans ses cachots le jeune Mailly, qu'avait expédié le général en chef. Cette cruauté fournissait un prétexte légitime de guerre. Mais il y avait bien d'autres motifs plus graves.

Vivement irritée de l'occupation de l'Égypte, et poussée par les intrigues de l'Angleterre, la Porte avait déclaré la guerre à la France, et faisait, à l'aide des Anglais, de formidables préparatifs. Le sultan avait déclaré la guerre sainte, et appelé aux armes les pachas, les beys et tous les Musulmans. Deux armées se formaient, l'une en Syrie, l'autre à Rhodes, pour attaquer les Français. Elles devaient agir simultanément au printemps de 1799, l'une en venant débarquer à Aboukir près d'Alexandrie, l'autre en traversant le désert qui sépare la Syrie de l'Égypte. Achmet-Djezzar était nommé pacha d'Égypte et commandant de l'armée de Syrie. Abdallah, son lieutenant, s'était emparé du fort El-Arisch, situé à 10 lieues de la frontière de Syrie, sur le territoire égyptien. Cette place était de ce côté une des clefs de l'Égypte.

Il n'y avait pas à hésiter ; il fallait se préparer à une agression, ou la prévenir en attaquant soi-même. Bonaparte se décida pour les moyens énergiques. Une invasion en Syrie fut résolue. Elle devait tout à la fois venger l'honneur français des insultes de Djezzar, anéantir les débris des Mamelucks qui s'étaient retirés avec Ibrahim-Bey, après les Pyramides, déconcerter les intrigues anglaises, nous donner 80 lieues de côte et plusieurs places maritimes, et rendre aux Musulmans l'Égypte inabordable par la voie de terre. Le plan du général en chef était de démanteler Jaffa, St-Jean-d'Acre, El-Arisch et toutes les forteresses de Syrie; de détruire les arsenaux et les magasins dans ce rayon; de ravager les campagnes, afin que, perdue dans un désert de 60 lieues, une armée d'invasion ne trouvât que ruines et mort sur son passage. L'hiver était une saison favorable. Il fit ses préparatifs avec la plus grande activité, et au commencement de février, les troupes étaient en mouvement.

L'armée se composait de quatre divisions, commandées par Kléber, Regnier, Lannes et Bon. Le général Murat commandait la cavalerie, au nombre de 900 hommes. Dommartin et Caffarelli avaient la direction de l'artillerie et du génie. Toutes ces forces réunies s'élevaient à 13,000 hommes. Bonaparte avait formé un régiment d'une arme toute nouvelle, c'était celui des dromadaires. Deux hommes étaient assis dos à dos, et pouvaient, grace à la vigueur et à la célérité de ces animaux, faire vingt-cinq ou trente lieues sans s'arrêter. Dès que les Arabes du désert paraissaient à l'horizon, on les poursuivait sans relâche, et on les rejetait bien vite dans leurs sables brûlants.

L'état où Bonaparte laissait l'Égypte était propre à inspirer de la sécurité. Nous étions maîtres de toutes les places importantes. Alexandrie, Aboukir, Rosette, Damiette et le Kaire étaient fortifiés et munis de bonnes garnisons. C'étaient les clefs de l'Égypte. Au midi, le brave Desaix poursuivait sans cesse Mourad-bey, et contenait les provinces du Haut-Nil jusqu'aux Cataractes.

Le général en chef partit du Kaire, accompagné de son état-major (10 février 1799). L'armée avait à traverser vingt-cinq lieues de désert pour arriver de Salahieh à El-Arisch. Alors reparurent les privations, les souffrances, le désespoir, causés par un soleil dévorant, et l'excès de la soif et de l'épuisement. Les soldats, tantôt éclataient en violents murmures, tantôt restaient dans une sombre mélancolie. On en vit, dans leur délire, se jeter sur les outres pleines d'eau, les percer avec leur baïonnette, et regarder, avec un rire d'insensés, couler ces provisions précieuses. Les sarcasmes pleuvaient sur les *savants*, dans les accès de mauvaise humeur, mais souvent cette humeur s'exhalait en plaisanteries. Un soldat s'apercevant que sa conversation avec son camarade affectait ceux qui l'entendaient, en changea brusquement. — « Dis donc, toi, oh! demanda-t-il à son camarade, le pacha d'Acre a-t-il de l'eau? — Pardieu, je crois bien! — Ah ben! qu'il la garde bien, cré nom de D...! il ne risque rien. » Ces souffrances s'adoucirent en approchant d'El-Arisch, et toute l'armée s'y trouva réunie le 17 février.

Il fallait à tout prix s'assurer la possession de cette bicoque. Déjà le général Regnier, commandant de l'avant-garde, l'avait investie de toutes parts; mais pour l'emporter, on avait besoin de l'artillerie, et il n'en avait pas assez. Après quelques jours d'une résistance opiniâtre, le fort se rendit et la garnison capitula. Elle était composée de 1,500 Arnautes ou Mogrebins, soldats intrépides et fanatiques, commandant plutôt à leurs chefs qu'ils ne leur obéissaient. Ils devaient se rendre par le désert à Bagdad, mais cette condition ne fut pas remplie (20 février).

Les divisions se remirent en marche. Kléber, qui était à l'avant-garde, s'égara dans le désert avec ses troupes. Pendant cinquante heures, elles furent en proie à toutes les horreurs de la faim et de la soif, et souffrirent de cette marche comme d'une longue agonie. A la fin de février, les soldats aperçurent enfin les vertes et fertiles campagnes de la Syrie et ses montagnes boisées. C'était presque l'Europe; c'était la plaine italique au pied des Apennins. Cette belle nature réveilla leur gaîté et leur enthousiasme. Tous en chœur ils répétèrent ces hymnes républicains, la *Marseillaise* et le *Chant du départ*, qui avaient marqué le pas de victoire aux plaines d'Arcole et de Rivoli. Ce qui donnait à cette vallée asiatique une analogie de plus avec nos climats, c'était son ciel nuageux et la pluie, la pluie inconnue en Égypte. La première ondée fut reçue comme un bienfait; mais lorsque plus tard ils connurent mieux le pays, qu'ils furent souvent mouillés jusqu'aux os, leur enthousiasme se refroidit beaucoup, et ils se prirent parfois à regretter le ciel du Nil et sa constante sérénité.

L'armée d'Abdallah et 1500 Mamelucks attendaient les Français près de Gazah. Mais à peine nos escadrons parurent-ils en plaine, que les Turcs firent un mouvement de retraite. On ne put même pas échanger un coup de sabre. Nous entrâmes dans Gazah sans coup férir. Ancienne capitale de la Palestine, cette ville est aujourd'hui sans importance. La fuite de l'ennemi nous livra des ressources précieuses : c'étaient cent mille rations de biscuit et d'immenses provisions de riz et d'orge. Ce butin arrivait à propos, car nos convois de vivres étaient fort arriérés. Trois jours après, nous étions devant Jaffa, l'ancienne Joppé. L'ennemi s'était retiré dans l'intérieur. Cette ville était entourée de hautes murailles, défendue par une artillerie formidable, et par une garnison d'hommes de toutes les races, Mogrebins, Albanais, Égyptiens, Natoliens, Arnautes, pleins de fanatisme et d'intrépidité. Elle annonçait une résistance sérieuse. Le général en chef fit établir des batteries sur divers points. La garnison démasqua ses pièces, et s'efforça, par un feu soutenu et deux sorties, de détruire nos travaux; mais elle fut ramenée vers la place, la baïonnette dans les reins.

Le 7 mars au matin, les batteries allaient se mettre en jeu, lorsque Bonaparte envoya au commandant de Jaffa une dernière sommation. Pour toute réponse, on fit trancher la tête à l'envoyé. Il ne restait plus qu'un moyen de se rendre maître de la place, c'était la force; mais sa chute devait être terrible. Pendant six heures, l'artillerie battit en brèche une grande tour et les remparts, puis l'assaut fut ordonné. Nos carabiniers et chasseurs se précipitèrent vers l'ouverture, et un combat terrible s'engagea. Les ennemis résistaient avec toute l'énergie du fanatisme et du désespoir. Les cadavres s'amoncelaient, lorsque se répand le bruit que la division Bon a pénétré dans la ville d'un autre côté. Nos soldats redoublent d'ardeur et précipitent ou égorgent tout ce qui arrête leur passage. Alors ce fut un carnage horrible; il n'y eut ni grace ni pitié; la résistance se prolongea de maison en maison, et ne fit qu'enflammer la vengeance de nos troupes. Au massacre succéda le pillage et tous les excès qui l'accompagnent. Les généraux et officiers n'étaient plus maîtres des soldats, qui ne respiraient que la fureur. Pendant deux jours, Jaffa fut en proie à toutes les horreurs de la guerre.

On y trouva 50 pièces d'artillerie, des munitions de guerre, et d'immenses provisions en riz et en biscuit. (9 mars.)

Le tiers de la garnison avait péri dans l'assaut de la ville. Parmi les prisonniers se trouvaient 3000 Arnautes et Albanais que les aides-de-camp Beauharnais et Croisier avaient reçus en capitulation. Bonaparte ne l'apprit qu'avec un sentiment de douleur : « Que faire de tant de prisonniers? s'écria-t-il. Ai-je des vivres pour les nourrir, des bâtiments pour les déporter? » Ces trois mille hommes étaient là, les mains liées derrière le dos, attendant leur sort dans un farouche silence. Pendant trois jours, le conseil de guerre, composé des généraux, se réunit en présence de Bonaparte sans rien décider. Enfin eut lieu une dernière séance. Les débats furent longs, graves, consciencieux. Il y avait désir sincère de sauver ces malheureux; mais une nécessité terrible, inexorable répondait à chaque question. Faut-il les renvoyer en Égypte? Il n'y avait point de navires, et par terre une nombreuse escorte aurait trop affaibli l'armée. Leur rendre la liberté? Mais ces prisonniers iront de suite renforcer le pacha de Saint-Jean-d'Acre, ou nous feront dans les montagnes une guerre acharnée de partisans. Les incorporer dans nos troupes? Mais, outre l'imprudence de ce projet, les vivres étaient trop insuffisants, et les divisions frémissaient d'indignation, en voyant prélever sur leur nécessaire la subsistance d'un ennemi. Ces considérations entraînèrent le conseil. Le général en chef avait bravé trois jours les plaintes et les murmures de l'armée. Il se rendit avec douleur à la nécessité terrible qu'imposaient les circonstances graves où il était placé. Ces trois mille prisonniers furent fusillés sur le rivage de la mer. Les ennemis de Bonaparte lui ont fait depuis un crime de cette exécution. Les faits sont aujourd'hui bien éclaircis. Tous les juges de bonne foi ont reconnu que chef de l'armée, le salut de cette armée était pour lui un devoir sacré, impérieux, et qu'il fut un de ceux qui virent le massacre avec le plus de douleur. (10 mars.)

Ce fut après le siége de Jaffa que la peste commença à se manifester avec un peu plus d'intensité. Elle était arrivée d'Égypte avec nos bataillons. Les corps venus d'Alexandrie et de Damiette en portaient le germe avec eux; comme les accidents avaient été rares, on ne croyait point à ce terrible fléau. Le général en chef ordonna sur-le-champ des précautions sanitaires, et transforma deux couvents en hôpitaux. L'imagination des soldats avait été vivement frappée du seul nom de *peste*, et des effets rapides et foudroyants qui l'annonçaient. Les officiers, l'état-major éprouvaient la même anxiété, les mêmes terreurs. Le médecin Desgenettes, convaincu que la crainte du fléau pouvait être aussi funeste que le fléau même, s'appliqua à rassurer les esprits malades. Le mot de *peste* fut proscrit; on n'employa plus que ceux de fièvre et fiévreux. Mais les ravages de la contagion n'étaient guère moins terribles.

Le général en chef sentit qu'il fallait une démarche décisive pour remonter le moral de son armée. Il visita les hôpitaux, accompagné de son état-major. Dans celui des pestiférés, il s'arrêta au pied du lit des soldats, et leur adressa des mots consolants. Dans le but de persuader aux malades que l'affection n'était pas contagieuse, il toucha plusieurs pestiférés, et se prêta à soulever le cadavre d'un soldat tout souillé par l'ouverture d'un bubon. Enfin sur les instances de Desgenettes, il quitta l'hôpital, comblé des bénédictions de ces hommes expirants. Lorsqu'il sortit, on lui reprocha vivement son imprudence : « C'est mon devoir, répondit-il avec sang-froid, je suis général en chef. » Cette scène fameuse a inspiré à Gros le magnifique tableau des *Pestiférés de Jaffa*, un des chefs-d'œuvre de la peinture française.

Après avoir pourvu à la défense de la ville et aux soins des blessés, Bonaparte s'avança avec l'armée vers Saint-Jean-d'Acre. C'était le but de la campagne, le boulevart de la Syrie. Djezzar une fois soumis, toute la contrée se rendait à discrétion. On fut un peu arrêté par les agressions des Naplousains, peuplade guerrière qui habite une contrée couverte de forêts et de montagnes. Leur feu était rapide et toujours imprévu. On traversa rapidement leurs vallées, et le 18 mars, l'armée arriva sous les murs de Saint-Jean-d'Acre.

§ II.

C'était dans cette place que le pacha Djezzar s'était renfermé avec toutes ses richesses et une forte garnison. Les fortifications ne consistaient qu'en un mur d'enceinte, flanqué de tours et couvert d'un fossé assez profond. Livrée à ses propres ressources, cette forteresse ne devait pas résister long-temps à la valeur française et à l'habileté de notre artillerie. Mais deux circonstances fatales en rendirent le siége aussi opiniâtre que sanglant, et prolongèrent une résistance désespérée. Un contre-amiral anglais, Sidney-Smith, croisait avec des vaisseaux dans ces parages, et un émigré français, Phelippeaux, ancien condisciple de Bonaparte à Brienne, et officier d'un rare mérite, dirigeait tous les travaux de fortifications. De plus, la place ne cessa de recevoir par mer des munitions et des renforts, tandis que l'armée française épuisait insensiblement ses ressources.

Le général en chef n'avait point d'artillerie de siége, mais impatient de frapper des coups hardis, il commença avec de l'artillerie de campagne. La tranchée fut ouverte le 20 mars. Ce siége mémorable peut se diviser en trois époques, du 20 mars au 1er avril, du 1er avril au 27, et du 27 avril au 20 mai; trois périodes marquées par des assauts redoublés et sanglants, et où nos soldats montrèrent, malheureusement sans fruit, une énergie, une constance et une intrépidité extraordinaires.

Notre artillerie consistait en quatre pièces de 12, huit obusiers, une caronade de 32, et une trentaine de pièces de 4. On manquait de boulets, mais on imagina un moyen de s'en procurer. On faisait paraître sur la plage quelques cavaliers; à cette vue, Sidney-Smith faisait un feu roulant de toutes ses batteries, et les soldats, auxquels on donnait cinq sous par boulet, couraient les ramasser au milieu de la canonnade et des rires universels.

Le général du génie Samson, chargé de reconnaître la ville, avait assuré qu'elle n'avait ni contrescarpe ni fossé. On crut n'avoir à pratiquer qu'une simple brèche et à monter ensuite à l'assaut. On agit d'après ces renseignements, qui étaient inexacts. Le 25 mars, on commença à battre en brèche. Le rempart s'écroula bientôt sous le feu de l'artillerie française. Sapeurs et grenadiers se précipitèrent à l'assaut, mais parvenus à la brèche, ils furent arrêtés par une contrescarpe et un fossé profond, et obligés de rentrer dans la tranchée. Alors on se mit à pratiquer une mine. L'opération se faisait sous le feu de tous les remparts et de l'artillerie de siége que Sidney-Smith nous avait enlevée en mer. Bonaparte l'ignorait et attendait chaque jour avec impatience cette belle artillerie.

Trois jours après, la mine sauta, mais n'emporta que la moitié de la contrescarpe. Un jeune officier, Mailly de Châteaurenaud, sollicita l'honneur de monter le premier. Il brûlait de venger son frère infortuné à qui Djezzar avait fait trancher la tête quelques jours auparavant. Il se précipite, à la tête de vingt-cinq grenadiers. En voyant ce brave officier poser une échelle, les Turcs furent épouvantés et s'enfuirent vers l'intérieur de la ville, en poussant des cris. Djezzar déchargea ses pistolets sur les fuyards et les ramena à la brèche. Malheureusement Mailly fut blessé au pied d'un coup de feu et tomba dans le fossé. Ses grenadiers, en butte à une fusillade meurtrière, croyant leur chef mort, se découragent et remontent la contrescarpe. Deux bataillons étaient là, prêts à les soutenir. Une partie descend dans le fossé; mais les Turcs, revenus en foule, les reçoivent avec un feu épouvantable. Le commandant Laugier y trouve la mort, et nos soldats qui étaient sur la contrescarpe, écrasés sans fruit par le feu des remparts, sont obligés de se mettre à l'abri dans la tranchée. L'assaut fut manqué.

Mailly blessé, et ne pouvant fuir avec les autres, avait imploré le secours d'un grenadier. Ce brave le chargea sur ses épaules, mais dans sa marche pénible au milieu des décombres, il fut frappé lui-même d'une balle et tomba avec son fardeau. Mailly resta donc sous la brèche. Torturé par la douleur, devinant la fin qui l'attendait, il implorait la mort, et ses cris plaintifs arrivaient jusqu'à la tranchée. Enfin, à la nuit, les gémissements cessèrent : les Turcs étaient descendus dans le fossé, et, d'après la coutume orientale, ils avaient décapité les victimes de l'assaut, vivantes ou mortes. Ainsi tombèrent à la fleur de l'âge, sous le couteau de Djezzar, deux frères intéressants et dignes d'un meilleur sort!

Cet échec fut très-funeste. C'était le 28 mars que la ville devait être prise; depuis cette époque, elle reçut tous les jours des renforts de troupes et des munitions par mer. Il fallait, pour l'emporter, tous les grands travaux de siége, et nous manquions de grosse artillerie. Des artilleurs turcs, venus de Constantinople, et qui trois ans avant avaient reçu nos leçons, pointaient avec une justesse étonnante. Leurs boulets et leurs bombes atteignirent une foule d'officiers et plusieurs généraux. Le général en chef lui-même ne dut la vie qu'à un beau trait de dévouement militaire. Il s'était aventuré dans une reconnaissance, et debout sur un tertre, il examinait les travaux d'attaque, quand une bombe vient tomber en sifflant à quelques pas de lui. A cette vue, deux grenadiers s'élancent, le couvrent de leurs corps et lui font un rempart. La bombe éclate, respecte Bonaparte ainsi abrité, tue l'un de ses sauveurs, et blesse l'autre grièvement. Ce dernier était le brave Daumesnil, général depuis, commandant de Vincennes en 1814 et 1830, et dont l'admirable intrépidité est si connue.

Il y avait aussi dans la place des tireurs albanais d'une habileté désespérante. Caffarelli visitait un jour la tranchée; un bras seul était visible pour l'ennemi. Une balle arrive, et l'articulation du coude fut tellement fracassée, que l'amputation fut jugée nécessaire. Le général la supporta avec un grand courage et sans proférer un seul mot. Pendant quinze jours, on eut l'espoir de le sauver; mais une fièvre nerveuse s'étant déclarée, il tomba dans le délire et expira vers la fin d'avril. Sa mort remplit l'armée de deuil. Caffarelli était doué d'une belle ame, et aussi recommandable par ses qualités et son instruction que par son courage et son dévouement à la patrie. Il portait une sorte de culte à son général en chef, qui, de son côté, l'aimait beaucoup, et avait pour lui la plus haute estime. Pendant sa maladie, Bonaparte allait régulièrement deux fois par jour dans sa tente.

Pendant qu'on poussait avec vigueur les mines et les travaux de siége, le général en chef apprit qu'une armée nombreuse, conduite par le pacha de Damas, était en mouvement pour nous attaquer sous les murs de Saint-Jean d'Acre. Djezzar le savait aussi, et redoublait ses sorties furieuses pour nous occuper devant la place, espérant que ses alliés viendraient nous y surprendre et nous anéantir. Bonaparte avait poussé vers le Jourdain deux petits corps d'observation, Kléber avec sa division à Nazareth, et Murat avec 2000 hommes à Saffet. L'armée ennemie, forte de 40,000 hommes, dont 20,000 cavaliers, débouchait avec fracas par tous les points de la Tibériade. Kléber en informe le général en chef, en lui annonçant son dessein de marcher à l'ennemi, et en demandant quelques secours. Murat reçut ordre de le joindre à marches forcées avec sa cavalerie. Bonaparte lui-même se disposa à partir avec la division Bon, pour le soutenir et livrer une bataille décisive. Djezzar essaya auparavant une sortie sur trois colonnes pour détruire nos travaux; mais, mitraillé à outrance, il laissa le terrain couvert de morts et de blessés. Les soldats anglais et musulmans, repoussés avec cette énergie, rentrèrent précipitamment dans la place. Bonaparte se mit aussitôt en marche (8 avril).

§ III.

Kléber était arrivé dans les plaines qui s'étendent au pied du mont Thabor, non loin du village de Fouli. Il avait eu l'idée de surprendre le camp turc pendant la nuit; mais égaré par ses guides, il n'arriva qu'à six heures du matin, et trouva toute l'armée ennemie en bataille. A peine eut-il mis en carré ses trois mille hommes, que les escadrons asiatiques s'ébranlent et nous chargent avec la plus grande impétuosité. Jamais les Français n'avaient vu tant de cavaliers caracoler et se précipiter dans tous les sens. Le reste de l'armée du pacha s'avance au pas de course, en poussant des cris épouvantables. Il semblait que notre division dût être réduite en poudre; mais, immobiles à leur poste, nos braves opposent de toutes parts une triple haie de baïonnettes, et bientôt font à bout portant un feu terrible, qui jonche le terrain de cadavres et oblige ces superbes Orientaux à rétrogader. Les charges se renouvellent avec une intrépidité furieuse; elles sont toujours repoussées avec la même énergie. Retranchés derrière un rempart de cadavres, d'hommes et de chevaux, nos soldats résistèrent six heures de suite à l'impétuosité et aux charges multipliées de leurs adversaires; mais enveloppés par une armée quinze fois plus nombreuse, il était évident que cette troupe de héros, accablée par la fatigue et le nombre, finirait par trouver au pied du mont Thabor une mort glorieuse. Il était une heure après midi ; on combattait avec acharnement sur tous les points. Tout à coup le bruit du canon se fait entendre dans le lointain : « C'est Bonaparte! s'écrient les soldats, pleins d'ardeur et d'enthousiasme; c'est lui qui vient à notre secours ! » C'était lui en effet qui venait soutenir son héroïque lieutenant. Arrivé sur une éminence, à trois lieues du champ de bataille, il avait vu la pleine couverte de feu et de fumée, et la brave division Kléber entièrement enveloppée, et luttant contre une armée innombrable. A la vue du danger de leurs frères d'armes, les soldats demandèrent à grands cris le combat. Bonaparte partage sa division en deux carrés, qui s'avancent rapidement, de manière à former un triangle équilatéral avec la division Kléber, et à mettre l'ennemi au milieu d'eux. On avait marché en silence, et à demi-lieue seulement de distance l'artillerie fit une décharge pour annoncer le secours. Des cris de joie s'élevèrent de tous les rangs, et les soldats combattaient avec une nouvelle énergie, lorsque Bonaparte paraît tout à coup sur le champ de bataille.

Son apparition fut un coup de foudre pour les ennemis. Un feu épouvantable, partant des trois extrémités du triangle, écrase et disperse les Mamelucks qui étaient au milieu. Les escadrons fuient dans le plus grand désordre. Kléber prend à son tour l'offensive, et lance sur Fouli une colonne de 200 grenadiers, qui s'avance avec audace, en faisant pleuvoir un feu terrible à droite et à gauche sur les fantassins ennemis qui résistent. Le village est emporté à la baïonnette. Foudroyée par l'artillerie, repoussée de tous côtés par la fusillade ou l'arme blanche, toute cette multitude se précipite derrière le mont Thabor, et s'écoule en désordre vers le Jourdain. Notre infanterie la poursuivit au pas de charge, la baïonnette dans les reins, et les fuyards tombèrent au milieu de la cavalerie de Murat, qui les tailla en pièces ou les força à se jeter dans le Jourdain : un grand nombre d'entre eux y fut englouti. L'armée ottomane perdit dans cette journée plus de six mille hommes, un convoi de 500 chameaux, des provisions et un butin considérable. Notre perte ne fut que de 300 hommes tués ou blessés. Chose merveilleuse ! six mille Français avaient suffi pour détruire cette armée, que les habitants disaient *aussi nombreuse que les étoiles du ciel, et les sables du désert* (16 avril).

Cette victoire décisive du mont Thabor produisit tant d'effet sur nos ennemis qu'ils n'osèrent plus nous inquiéter pendant toute la durée du siége. Épouvantés, les Musulmans se dispersèrent dans leurs provinces et n'en sortirent plus. Kléber témoigna une grande admiration de la belle manœuvre qui avait décidé la bataille; il sentait que son général en chef lui avait sauvé l'honneur et la vie.

Bonaparte, après avoir laissé une division à Nazareth, s'empressa de revenir à Saint-Jean-d'Acre. Les travaux continuèrent avec vigueur, mais peu de succès. Les Turcs, aidés par les Anglais de l'escadre de Sidney-Smith et dirigés par Phelippeaux, opposaient une résistance désespérée. Déja cinq assauts avaient échoué, lorsqu'une flottille de 30 voiles, équipée à Rhodes, parut dans le lointain. Elle amenait des forces considérables, et surtout le fameux corps discipliné à l'européenne par l'amiral Hussein-Pacha. L'armée prit d'abord ces voiles pour des vaisseaux français qui leur apportaient renforts et munitions. Les soldats se livrèrent à une joie excessive; mais elle s'évanouit bientôt, quand on distingua le pavillon anglais et le pavillon ottoman réunis (7 mai).

Le général en chef, calculant que les secours

ne pourraient pas être débarqués avant six heures, et sentant que cette journée allait décider de la campagne, résolut de prévenir l'arrivée de la flotte. Il fit jouer avec vigueur ses batteries, et surtout une pièce de 24, récemment arrivée, qui renversa un pan énorme de muraille. Les soldats, pleins d'une nouvelle ardeur, se jettent comme la foudre sur tous les travaux de l'ennemi. Vial, Bon et Rampon sont à leur tête; on égorge tout, on encloue les pièces, on monte à l'assaut, et on se retranche dans une tour à demi-ruinée pour attendre le jour. La nuit, la flotte turque débarque ses 12,000 hommes de renforts, qui sont aussitôt distribués dans la place. Aux premiers rayons de l'aurore, le feu des batteries et le combat recommencent. Dès que la brèche est praticable, la division Lannes se précipite dans les ouvrages des assiégés, escalade le rempart, et l'intrépide général Rambault, à la tête de 200 grenadiers, pénètre enfin dans la place. Ils s'avancent dans les rues. Obstacle funeste et imprévu! ils trouvent une nouvelle enceinte derrière les vieux murs; ils voient des masses effrayantes de troupes qui prennent la brèche à revers! Un mouvement d'hésitation et de stupeur se manifeste dans les rangs. Cependant, un feu meurtrier retentit de toutes parts. Le reste de la division combat les Turcs avec acharnement: grenadiers, officiers, généraux, luttent confondus au milieu des monceaux de cadavres. Lannes, blessé à la tête par un coup de feu, est contraint de se retirer. La nuit arrive, et l'ennemi est tellement supérieur en nombre, que les Français désespèrent de pouvoir pénétrer dans la ville. L'intrépide Rambault, coupé de la brèche et cerné dans la ville, y trouva la mort, ainsi que la plus grande partie des siens. La perte des Turcs fut énorme, car toutes nos batteries tirèrent à mitraille. L'assaut avait encore manqué!

Ce n'était point sans de graves motifs que Bonaparte s'opiniâtrait au siége de Saint-Jean-d'Acre. D'abord la possession de la Syrie était indispensable pour un établissement solide en Égypte; et comment s'y affermir, si Djezzar n'était pas détruit? Mais l'imagination de Bonaparte nourrissait de bien plus vastes pensées. Quelques paroles recueillies par ses intimes, et plus tard les aveux mêmes de l'empereur à Sainte-Hélène, ont fait connaître les projets gigantesques qu'il voulait accomplir. En se promenant autour de la ville, il avait dit : « *Le sort de l'Orient est dans cette bicoque* », et vingt ans après : « *Si Saint-Jean-d'Acre fût tombé, je changeais la face du monde!* » Ce ne sont point là de ces paroles magnifiques, destinées seulement à éblouir. Le lendemain de l'assaut du 8 mai, parcourant le rivage de la mer, il fut entraîné à développer sa pensée intime : « Oui, disait-il « à deux amis, je vois que cette misérable bico« que m'a coûté bien du monde, et pris bien du « temps. Mais les choses sont trop avancées « pour ne pas tenter encore un dernier effort. Si

« je réussis, je trouverai dans la ville d'Acre les « trésors du Pacha et des armes pour cent mille « hommes. Je soulève alors et j'arme la Syrie, « qu'a tant indignée la férocité de Djezzar. Je « marche sur Damas et Alep. En avançant dans le « pays, je grossis mon armée de tous les mécon- « tents; j'annonce aux peuples l'abolition de la « servitude et des gouvernements tyranniques des « pachas. J'arrive à Constantinople avec des « masses armées; je renverse l'empire turc; je « fonde dans l'Orient un nouvel et grand empire « qui fixera ma place dans la postérité, et peut- « être retournerai-je à Paris par Andrinople et « par Vienne, après avoir anéanti la maison « d'Autriche. »

Le général en chef devait en effet trouver de puissants secours en Syrie même. Les Druses, peuplades chrétiennes, une foule de Musulmans du pays avaient quitté leurs montagnes pour se rendre à notre camp de Saint-Jean-d'Acre; ils faisaient des vœux ardents pour le succès de nos armes, et à chaque assaut, ne manquaient jamais d'adresser au ciel de ferventes prières.

La division Kléber arriva sur ces entrefaites. Les troupes étaient fraîches et pleines d'ardeur. Bonaparte résolut de faire encore une tentative. Le 10 mai, la division, formée en colonne et commandée par Kléber en personne, s'élance par la brèche qu'on avait fait élargir. Nos soldats sont assaillis d'une fusillade terrible; cependant ils avancent, et leur impétuosité ébranle les Turcs. Debout sur le revers du fossé et l'épée à la main, Kléber, d'une voix forte et éclatante, animait les troupes au milieu des morts et des mourants. En voyant cette grande figure, qui s'élevait au-dessus de toutes les têtes, on l'aurait pris pour un des héros d'Homère. Malheureusement un nouvel obstacle arrêtait nos soldats : c'était un large fossé, rempli de matières inflammables. Du haut des remparts, les assiégés faisaient des décharges furieuses et répétées. Nos grenadiers restaient là, frémissant de ne pouvoir avancer, obstinés à ne pas s'éloigner. Beaucoup d'entre eux succombèrent héroïquement. Il fallut se replier sur les ouvrages de la tranchée. (10 mai.)

Le soir même, les soldats exaspérés redemandèrent l'assaut. Kléber voulait marcher à la tête de sa division ; mais le général en chef ne voulut pas risquer une vie si précieuse, dans une attaque dont le succès était incertain. Il fit revenir Kléber près de lui. Le chef de brigade Venoux eut ordre de le remplacer. Avant de partir pour ce poste honorable, il dit au général Murat son ami : « Si ce soir Acre n'est pas prise, sois assuré « que Venoux est mort. » Il mena les troupes à la brèche. Cet assaut, marqué par des prodiges de valeur, fut encore infructueux ; la nouvelle enceinte ne put être franchie. Il y avait 20,000 hommes dans la place, et la maison de Djezzar et toutes les autres étaient remplies de troupes, faisant un feu terrible sur les assaillants. L'assaut manqua pour la huitième fois. Nos pertes des trois jours furent considérables. Il y eut environ 500 blessés et plus de 300 morts. Les généraux Bon et Venoux périrent sur la brèche ; plusieurs officiers supérieurs furent tués ou blessés mortellement.

Depuis près de deux mois nous étions devant Saint-Jean-d'Acre, et l'opiniâtre intrépidité des assiégés avait bravé tous nos efforts. Dans de telles circonstances, quel parti devait prendre le général en chef? Les troupes commençaient à se décourager ; la peste ravageait la ville et notre ambulance ; la saison des débarquements approchait, et une expédition se préparait, dans les ports de l'Archipel, pour transporter en Égypte une armée turque.

Ces motifs étaient graves : il fallait se trouver à la descente de l'ennemi, et conserver ces troupes héroïques qui, depuis quatre mois, avaient essuyé tant de fatigues et de dangers. L'état de l'Égypte d'ailleurs réclamait sa présence. Il régnait dans les esprits une grande exaltation et des troubles fréquents y avaient éclaté. Bonaparte se décida à revenir.

Le 20 mai, après deux mois de tranchée ouverte, il leva le siége de Saint-Jean-d'Acre. Nous avions perdu trois mille hommes ou par la peste, ou par les assauts et les combats. Avant d'abandonner la ville, et pour occuper l'ennemi, il y fit lancer pendant trois jours une énorme quantité de bombes et d'obus, qui causèrent de grands ravages. Elle fut presque réduite en cendres. Le soir du 20, les divisions reprirent la route du désert. Douze cents blessés suivaient. Bonaparte s'occupa d'eux avec une extrême sollicitude. Tous les chevaux, ceux de l'état-major, ceux même du général en chef leur furent exclusivement réservés. Faute de ressources, on ne put traîner les grosses pièces d'artillerie. Elles furent détruites et les affûts brûlés. Les soldats parurent oublier un moment leurs souffrances, en accompagnant de leurs regrets ce bronze si souvent l'instrument et le témoin de leurs triomphes, ce bronze qui avait fait trembler l'Europe.

On s'avança le long de la Méditerranée, au milieu des sables mouvants et embrasés par les feux du soleil. Les bourgades, les villages, avec leurs riches moissons, étaient successivement ravagés ou livrés aux flammes, afin de ne laisser aucune ressource à l'ennemi, et de rendre impossible, à travers ces ruines, le passage d'une armée. Ces mesures étaient terribles sans doute, mais la nécessité en faisait une loi.

Quand ce motif n'eût pas existé, n'était-il pas juste de châtier ces peuplades de Syrie qui, dès le commencement de l'expédition, avaient pillé nos convois, égorgé les soldats d'escorte, et massacré sans pitié nos malheureux blessés. Tels sont les tristes résultats de la guerre ; on avait provoqué des représailles, et il fallait pour notre salut imprimer la terreur.

Le 24 mai, nous revînmes Jaffa, et l'armée y resta quatre jours pour se reposer de ses fatigues. L'ordre fut donné sur-le-champ d'en faire sauter les fortifications. On jeta à la mer toute l'artillerie en fer qui s'y trouvait, et on ne réserva que celle de bronze. C'est à notre séjour dans Jaffa que se rattache un fait qui a remué bien des passions et servi de texte à bien des récits : il s'agit de l'empoisonnement des soldats pestiférés. D'abord y a-t-il eu empoisonnement? Oui, ont répondu, d'après l'accusation de l'Anglais sir Robert Wilson, quelques hommes dominés par leurs préjugés ou des ressentiments politiques contre Napoléon empereur. Non, ont répondu des historiens et des généraux qui étaient en Égypte, et qui ont regardé cette accusation comme flétrissante pour Bonaparte. Long-temps on a controversé, en s'appuyant sur l'une ou l'autre de ces opinions. Mais de ces témoignages opposés a jailli enfin la vérité. La voici telle que la présentent d'honorables témoins, MM. Larrey, Desgenettes, Daure, Belliard, Rampon, Miot, etc., qui tous faisaient partie de l'expédition.

Pendant l'absence de Bonaparte, la peste s'était développée à Jaffa avec une intensité effrayante. Médecins, infirmiers, tout y avait succombé, et à l'arrivée des troupes du siége, on comptait encore 170 malades dans l'hôpital.

La jonction des pestiférés de Saint-Jean-d'Acre porta ce nombre à 250. Il fallait prendre un parti au sujet de ces malheureux. Le général en chef fit recueillir par l'ordonnateur en chef Daure (aujourd'hui directeur de l'administration de la guerre) tous les renseignements sur le nombre des blessés, sur le degré de maladie parmi les pestiférés. On réunit tous ceux qui pouvaient supporter le transport. Deux convois, de 500 hommes chacun, furent expédiés, l'un par mer sur Damiette, à l'aide de petits bâtiments en station dans le port de Jaffa; l'autre par terre sur El-Arisch, sous les ordres d'un adjudant-général et l'escorte d'un bataillon de la 69e demi-brigade. Ce triage fait, restaient encore 50 pestiférés parvenus au dernier période de la maladie. Chaque jour, chaque heure voyait succomber plusieurs de ces infortunés. Quelques-uns pourtant, d'après les instances de Larrey, eurent assez de forces pour se traîner hors de l'hôpital, et suivre l'armée. Un petit nombre, dans un état désespéré, restait seulement dans l'hôpital. Que sont-ils devenus? C'est ici que l'on suppose que de l'opium, du poison leur a été donné pour abréger leurs souffrances, pour leur épargner les cruautés que les Turcs auraient infailliblement exercées sur eux; et on cite les noms du pharmacien Royer, du médecin en chef Desgenettes. Mais l'opium n'était pas nécessaire. Ces moribonds étaient à toute extrémité; et quel avantage y avait-il pour Bonaparte à précipiter leur fin de quelques heures? Le médecin Desgenettes témoigne positivement qu'aucun médicament ne fut donné. Ces malheureux expirèrent le jour ou le lendemain de notre départ de Jaffa. On dit que deux ou trois furent recueillis par les Anglais.

L'armée, continuant sa marche, traversa de nouveau les déserts qui la séparait de l'Égypte. Nous eûmes beaucoup à souffrir, et de la soif, et de l'excès de la chaleur. En quelques lieux, elle dépassa 33 degrés. Mais on se rapprochait de l'Égypte, et cette pensée ranimait notre courage. Après vingt-cinq jours de fatigues et de privations, nous atteignîmes enfin le Kaire. (14 juin.)

Le général en chef s'était fait précéder de bulletins où nos revers de Syrie étaient atténués et nos victoires exaltées. Cette politique avait pour but d'imposer aux Égyptiens ; et pour les frapper davantage, il voulut faire dans la ville une entrée solennelle et triomphale. Les soldats revirent avec les plus vifs transports de joie leurs compagnons restés au Kaire, et retrouvant les jouissances de la vie, oublièrent les journées du désert et les périls de Saint-Jean-d'Acre.

§ IV.

Il était temps que Bonaparte rentrât en Égypte. Pendant son absence, un relâchement funeste s'était manifesté sur tous les points et avait favorisé l'esprit d'insurrection. Il nous fallait ce chef dont le coup d'œil prévoyait tout, dont la forte volonté maintenait l'ordre et triomphait de tous les obstacles, dont la grande re-

BIBLIOTHÈQUE NATIONALE COLLECTION DU BARON LARREY DON DE

nommée imposait au peuple, commandait aux soldats le dévouement et les rendait invincibles. Diverses insurrections avaient éclaté dans la Basse-Égypte. Réprimées d'abord, elles s'étaient ranimées avec le caractère du plus violent fanatisme. Un imposteur qui s'appelait l'ange El-Mohdy, qui se disait invulnérable, qui prétendait avoir la mission d'exterminer les infidèles, avait réuni quelques milliers d'insurgés. Ses prétendus miracles, son exaltation religieuse, ses dehors mystérieux avaient soulevé les tribus errantes des Arabes. A leur tête, il avait surpris et égorgé 60 Français de la légion Nautique, près d'Alexandrie, chassé devant lui deux ou trois de nos bataillons, et menaçait de remonter le Nil. L'intrépide général Lanusse, envoyé pour le combattre, l'avait atteint au milieu du désert et fait un horrible carnage des fanatiques de son armée. L'ange El-Mohdy tomba, dit-on, percé d'une balle; mais les bandes qu'il avait soulevées ne cessèrent point de nous faire une guerre de brigandage (mai).

Depuis le retour de Bonaparte au Kaire, une agitation assez vive, indice de quelque débarquement prochain, était remarquée parmi les Arabes de la province de Bahyreh (Basse-Égypte). On apprit bientôt que l'infatigable Mourad-bey, suivi de 4 ou 500 Mamelucks, descendait par le Fayoum et le désert, pour se réunir aux rassemblements qui se formaient. Il avait choisi les lacs Natron pour le lieu du rendez-vous. Le général

Murat fut envoyé à sa poursuite. Mourad, vivement pressé, et n'ayant aucune nouvelle de l'armée qui devait débarquer à Aboukir, retourna sur ses pas, cherchant son salut dans le désert. On lui prit quelques chameaux et plusieurs Mamelucks. Il arriva tout en fuyant aux Pyramides (13 juillet). On dit qu'il monta sur la plus haute, et qu'il y resta une partie de la journée à considérer avec sa lunette toutes les maisons du Kaire et de sa belle campagne de Gizeh. De toute la puissance des Mamelucks, il ne lui restait plus que quelques centaines d'hommes découragés, fugitifs et délabrés!

Instruit de ce mouvement, le général en chef partit sur-le-champ du Kaire, et arriva aux Pyramides. Mourad-Bey était déjà parti ; il s'enfonça dans le désert, se dirigeant sur la grande Oasis. Bonaparte courut toute la journée les déserts pour lui donner la chasse : on ne put lui prendre que des chameaux et des Arabes. Quoiqu'il eût échappé, c'était un résultat important que de l'avoir éloigné des côtes de la Basse-Égypte. A peine le général en chef était-il arrivé aux Pyramides qu'une lettre de Marmont, gouverneur d'Alexandrie, lui apprit qu'une flotte turque de 100 voiles, accompagnée de vaisseaux anglais, avait mouillé le 12 juillet dans la rade d'Aboukir. Cette lettre était parvenue le 15 au soir. Sans perdre un moment, il se renferme dans sa tente, et dicte, jusqu'à trois heures du matin, ses ordres pour le départ des troupes et pour la marche à suivre, pendant son absence, par celles qui resteraient dans l'intérieur du pays : présence d'esprit, promptitude de décision, rapidité d'exécution, toutes ces qualités agissent en même temps. Le 16, à quatre heures du matin, il était à cheval et l'armée en pleine marche. Le 19, il arriva à Rhamanieh, après avoir fait quarante lieues en quatre jours.

C'est là qu'il apprit les détails du débarquement. Les Turcs étaient à peu près 18,000 hommes d'infanterie. Ils avaient débarqué sur la presqu'île d'Aboukir, emporté le village, égorgé la garnison du fort, et travaillaient à établir des retranchements. Ce n'étaient pas de ces misérables fellahs qui composaient l'infanterie des Mamelucks; c'étaient de braves janissaires, portant un fusil sans baïonnette, le rejetant sur leur dos, après avoir fait feu, puis s'élançant sur l'ennemi le pistolet et le sabre à la main. Ils avaient une artillerie nombreuse et bien servie; ils étaient dirigés par des officiers anglais. Quant à la cavalerie, ils attendaient les secours de l'infatigable Mourad-bey, qui devait leur amener deux ou trois mille Mamelucks ou Arabes. Ils avaient pour chef Mustapha, pacha de Romélie, un des meilleurs généraux de la Porte.

Pendant que les colonnes se réunissaient à Rhamanieh, Bonaparte se rendit à Alexandrie, pour examiner cette place importante. Il réprimanda son lieutenant Marmont de n'avoir pas osé attaquer les Turcs au moment du débarquement, et donna de grands éloges aux admirables travaux exécutés par le colonel du génie Crétin. Il était le lendemain à l'entrée de la presqu'île. Son projet était d'abord d'enfermer l'armée turque par des retranchements, et d'attendre l'arrivée de toutes ses divisions; car il n'avait sous la main que les divisions Lannes, Bon et Murat, environ 6,000 hommes. Mais à la vue des dispositions faites par les Turcs, il changea d'avis, et résolut de les attaquer sur-le-champ, espérant les renfermer dans le village d'Aboukir, et les accabler d'obus et de bombes (25 juillet).

Les Turcs occupaient le fond de la presqu'île, qui est fort étroite. Ils étaient couverts par deux lignes de retranchements, l'une à demi-lieue en avant du village; l'autre au fond même de l'isthme, et qui était protégée par une forte redoute et les feux de 30 chaloupes canonnières. Dans cette seconde position étaient le gros de leurs forces, environ 10,000 hommes et 12 pièces de canon. Une réserve de 1500 hommes occupait le fort d'Aboukir. Bonaparte fait ses dispositions avec sa rapidité et sa précision accoutumées. Il ordonne au général Destaing d'attaquer la droite de l'ennemi sur la première ligne; au général Lannes d'attaquer la gauche, et à Murat, qui était au centre avec toute sa cavalerie, de couper la retraite aux Turcs. Ces ordres sont exécutés avec vigueur et précision. Déconcertés par une attaque audacieuse, criblés par la fusillade, les Turcs abandonnent leur poste aux deux points opposés, sont sabrés par la cavalerie de Murat, et précipités en désordre dans la mer ou sur la seconde ligne. Bonaparte profite de ce succès pour achever sa victoire à l'instant même. Il lance les divisions Lannes et Destaing sur le village d'Aboukir, protégé par une redoute hérissée de canons. La 32e demi-brigade marche l'arme au bras sur les retranchements, la 18e les tourne par l'extrême droite. L'ennemi, sans les attendre, s'avance à leur rencontre. Là s'engage un combat furieux. Nos soldats, après le coup de fusil, luttent corps à corps avec les Turcs, qui veulent en vain leur arracher leur baïonnette. La 18e est sur le point d'entrer dans la redoute, lorsqu'un feu terrible d'artillerie la repousse. Généraux, officiers, soldats, faisaient des prodiges de valeur. Fugières, blessé à la tête, a le bras emporté par un boulet; le chef de brigade Crétin est tué, le brave adjudant-général Leturcq est renversé mort, au moment où il entraînait les soldats. Bonaparte était au centre pour diriger les renforts. Il précipite deux bataillons qui s'élancent et envahissent la redoute. De son côté, la 18e s'avance de nouveau au pas de charge. Murat, qui suivait de l'œil ces mouvements, saisit et ordonne la charge qui doit décider la victoire. Ses escadrons s'élancent derrière la redoute pour couper la retraite à l'ennemi. Alors les Turcs effrayés fuient dans le plus affreux désordre. On les pousse la baïonnette dans les reins, et on les précipite dans la mer.

Murat, à la tête de ses cavaliers, pénètre dans le camp de Mustapha-pacha. Celui-ci, saisi de désespoir, prend un pistolet et le tire sur Murat, qu'il blesse légèrement. Le général lui coupe deux doigts d'un coup de sabre, et le fait prisonnier ainsi que tout son état-major. C'est le moment qu'a choisi notre célèbre peintre Gros, dans son admirable tableau de la bataille d'*Aboukir*. Les Turcs qui ne furent ni tués, ni précipités à la mer, se retirèrent dans le fort d'Aboukir, où, après huit jours d'une opiniâtre résistance, ils furent réduits à se rendre.

Telle est cette merveilleuse victoire où une armée entière fut complétement anéantie. Douze mille cadavres flottaient sur cette mer d'Aboukir, qui, un an auparavant, avait été couverte des corps de nos marins; quatre ou cinq mille avaient péri par le fer ou par le feu. Ce triomphe décisif était dû à l'audace, à l'intrépidité de nos soldats autant qu'à la savante tactique du général en chef, et pourtant il n'avait là qu'une armée de 6,000 hommes. Sa marche, depuis les Pyramides, avait été si rapide que les autres divisions n'étaient pas encore arrivées. Celle de Kléber arriva trois heures après l'entière destruction des Turcs. Lui-même l'ayant précédée, rejoignit Bonaparte au moment où l'enlèvement de la redoute et la prise de Mustapha-pacha venaient d'assurer la victoire. Il manifesta beaucoup d'enthousiasme pour un triomphe si grand et si décisif, et se jetant au cou de Bonaparte : « *Ve-*

« *nez, mon général,* s'écria-t-il, *que je vous* « *embrasse! vous êtes grand comme le* « *monde!* »

Le général en chef annonca à l'armée les résultats de la bataille d'Aboukir, par un ordre du jour remarquable: «Le nom d'Aboukir, disait-il, était funeste à tout Français ; la journée du 7 thermidor (25 juillet) l'a rendu glorieux : la victoire que l'armée vient de remporter accélère son retour en Europe. Nous avons conquis Mayence et la limite du Rhin, en envahissant une partie de l'Allemagne. Nous venons de reconquérir nos établissements aux Indes et ceux de nos alliés. Par une seule opération, nous avons remis dans les mains du gouvernement le pouvoir d'obliger l'Angleterre, malgré ses triomphes maritimes, à une paix glorieuse pour la République.

« Nous avons beaucoup souffert; nous avons eu à combattre des ennemis de toute espèce; nous en aurons encore à vaincre; mais enfin, le résultat sera digne de nous, et nous méritera la reconnaissance de la patrie. »

Le résultat en effet était d'une grande importance. L'Égypte était délivrée pour long-temps des agressions de la Porte, et l'armée française affermie dans sa conquête. Cependant, malgré ses triomphes, Bonaparte était dévoré de secrètes inquiétudes; aucune des dépêches du Directoire ne lui était arrivée, et il ignorait complètement ce qui se passait en France et en Europe. Après la bataille d'Aboukir, il envoya un parlementaire à bord de la petite escadre de Sidney-Smith, sous prétexte de négocier un échange de prisonniers, mais au fond pour obtenir quelques nouvelles. L'amiral anglais l'accueillit fort bien; et voyant que Bonaparte ignorait les désastres de la France, il se fit un malin plaisir de lui remettre un paquet de journaux. Depuis dix mois, le général en chef était sans nouvelles; il passa la nuit entière à dévorer ces feuilles et à s'instruire du véritable état des affaires. Quels sentiments de douleur ne durent pas l'agiter lorsqu'il connut les désastres qui s'étaient rapidement succédés : l'armée du Rhin battue et en retraite; les champs de cette belle Italie, illustrés par tant de victoires, couverts maintenant de cadavres français; nos provinces de l'Ouest en proie au brigandage et à la guerre civile; la France déchirée par les factions et sur le point d'être envahie par l'étranger! Sur-le-champ sa résolution fut prise: c'était de revenir en Europe et d'essayer la traversée, au risque d'être saisi en route par les vaisseaux anglais. Il sentait que la patrie avait besoin de lui; que, le premier objet de l'expédition rempli, il était appelé en France à un rôle plus grand et plus glorieux, et qu'il fallait de nouvelles victoires pour lui assurer les bienfaits de la paix intérieure et extérieure. Il manda le contre-amiral Gantheaume, et lui enjoignit de préparer deux frégates et deux petits bâtiments. Le secret fut gardé avec le plus grand soin; les préparatifs de son départ se firent rapidement; il se rendit au Kaire pour régler toutes les affaires d'administration, rédigea une longue et belle instruction pour Kléber, qu'il voulait nommer général en chef de l'armée, et repartit aussitôt pour Alexandrie.

On a débité beaucoup de fables sur les motifs de son départ, et beaucoup de déclamations sur son départ lui-même. J'ai dit la circonstance qui avait déterminé sa résolution; et quant au second point, il était autorisé par le Directoire à revenir lorsqu'il le jugerait convenable. D'ailleurs, la situation de l'Égypte était paisible et rassurante. La victoire d'Aboukir avait frappé d'étonnement les Égyptiens, et rendu à nos armes tout leur éclat; ils se regardaient comme destinés à vivre désormais sous la domination française. Le commandement de l'armée était confié à un général instruit, d'une bravoure héroïque, d'un génie élevé, et, de plus, grand administrateur et chéri des soldats. Les meilleurs généraux restaient en Égypte: c'étaient Désaix, Regnier, Rampon, Friant, Davoust, Lanusse, Damas, Dugua et Menou, etc. Une bonne administration avait préparé des ressources considérables. En un mot, il ne restait plus qu'à consolider un magnifique établissement, inauguré sous les auspices de la victoire, et Kléber avait les talents nécessaires pour remplir ce beau rôle.

Bonaparte avait accompli le sien, et par une

suite de triomphes. Débarqué le 1er juillet 1798 à Alexandrie, il était, le 1er août, maître du Kaire et de toute la Basse-Égypte. Au 1er janvier 1799, il était maître de toute l'Égypte; au 1er juillet 1799, il avait détruit l'armée turque de Syrie, et lui avait pris son équipage de campagne de 40 pièces d'artillerie et de 50 caissons. Enfin, au mois d'août, il détruisit l'élite de l'armée de la Porte, et prit à Aboukir son équipage de campagne de 32 pièces. Ces succès étaient décisifs, et rendaient ceux de l'avenir plus faciles à conquérir.

Le 22 août, Bonaparte se rendit avec son escorte sur une plage écartée. Il emmenait avec lui Berthier, Lannes, Murat, Andréossy, Marmont, Berthollet et Monge, qu'il avait initiés au secret de son voyage. Les deux frégates, *la Carrère* et *la Muiron*, étaient disposées. Il s'embarqua presque en vue d'une corvette anglaise. On tremblait d'être surpris, on voulait rentrer à Alexandrie : « Ne craignez rien, dit Bonaparte, nous passerons. La fortune ne nous a jamais abandonnés; nous arriverons en dépit des Anglais. » La traversée fut longue, et souvent on éprouva de vives inquiétudes. Bonaparte montra une constante sérénité, soit confiance dans sa fortune et son génie, soit pour soutenir le courage de ses compagnons. Enfin, après 48 jours de voyage, au milieu d'une mer semée d'ennemis, il toucha sans accident le sol de la patrie. On sait la joie et l'enthousiasme que produisit son retour, la révolution du 18 brumaire, qui renversa le gouvernement avili du Directoire, et les premiers mois de ce consulat si brillant, inauguré par la victoire de Marengo, et qui fut pour la France une ère nouvelle de puissance, de prospérité et de gloire. Mais il faut rester en Égypte; achevons rapidement son histoire et celle de l'armée.

§ V.

Lorsque le départ de Bonaparte fut connu, une vive inquiétude se manifesta d'abord dans les esprits : plus on le regrettait, et plus on voyait l'avenir sous de sombres couleurs. Ces sentiments d'effroi furent de courte durée. La haute réputation de Kléber, la confiance générale qu'il inspirait, calmèrent bientôt les agitations et rallièrent toutes les opinions. On sentit qu'il fallait s'acclimater, s'affermir en Égypte; l'intérêt de l'armée, celui de la patrie le demandaient également. Cependant c'est alors que se manifesta une scission, dont les symptômes s'étaient quelquefois révélés. L'armée se sépara en deux partis, l'un des colonistes, l'autre des anti-colonistes; les premiers, noyau de l'ancienne armée d'Italie, dévoués à Bonaparte absent; les seconds, fragment de l'armée du Rhin, partisans de son successeur Kléber.

Le nouveau général en chef lui-même avait contribué, par ses discours et sa conduite, au développement de ces sentiments opposés. Soit jalousie, soit ennui de l'Égypte et désir de la quitter, soit calcul d'amour-propre, ou tous ces motifs ensemble, il avait adressé au Directoire une dépêche dans laquelle il faisait le tableau le plus déplorable de la situation de l'armée dont il venait de recevoir le commandement. Cette lettre a été réfutée victorieusement par Napoléon, prisonnier à Sainte-Hélène; je ne m'y arrête pas. Heureusement pour l'Égypte et pour la gloire de Kléber, elle tomba entre les mains de l'amiral Keith, qui l'envoya à Londres. Le ministère anglais, trompé par ces plaintes exagérées, expédia aussitôt l'ordre « de « ne consentir à aucune capitulation avec l'armée « française, excepté dans le cas où elle mettrait « bas les armes, et se rendrait prisonnière de « guerre. »

Lorsque cette lettre arriva à Paris, Bonaparte était à la tête du gouvernement (12 janvier 1800). Il pensa que le premier consul ne devait point s'occuper des querelles de Bonaparte général, et répondit à Kléber par des encouragements et des promesses de secours. Dans ces entrefaites, le visir Mehmed-pacha, convaincu qu'il ne s'agissait que de se présenter pour vaincre, s'était avancé sur El-Arisch avec 50,000 hommes. Kléber lui proposa d'évacuer l'Égypte, ce que les Turcs acceptèrent avec empressement. Une convention fut signée, par laquelle l'armée devait rentrer en France avec ses armes, bagages et effets (24 janvier).

Mais les Anglais, instruits que les articles du traité étaient en pleine exécution, se crurent autorisés à ne point le ratifier, quoiqu'il eût été négocié de concert avec l'amiral Sidney-Smith. Ils comptaient que l'Égypte serait entièrement occupée par les Turcs, quand leur refus arriverait, et que l'armée, réduite à s'embarquer, tomberait en leur pouvoir. Cette mauvaise foi insigne tourna à la confusion de ses auteurs.

Tandis que l'armée française opérait sa retraite, et que déja la plus grande partie de son artillerie et de ses munitions s'entassait dans Alexandrie, les ports de l'Égypte furent brusquement bloqués par la croisière anglaise. Une lettre de l'amiral Keith annonça que *le ministère anglais ne reconnaissait point la convention d'El-Arisch, et ne consentait à une capitulation avec l'armée française, que dans le cas où elle mettrait bas les armes, se rendrait prisonnière de guerre, et abandonnerait tous ses vaisseaux et toutes ses munitions des port et ville d'Alexandrie aux puissances alliées.* Kléber avait commis une faute en signant la convention d'El-Arisch. Mais à cette lettre, l'honneur du Français et du guerrier s'indigne, le grand capitaine se réveille, le héros a reparu. Un ordre du jour tout spartiate annonce à l'armée les nouveaux triomphes que la patrie attend d'elle; cet ordre du jour, c'est la lettre injurieuse de l'amiral anglais, à laquelle Kléber ajoute ce seul mot: « Soldats! on ne répond à de telles insolences que par des victoires; préparez-vous à combattre ». Jamais soldats n'y furent mieux préparés; l'indignation, l'ardeur de la victoire étincelaient dans tous les rangs.

A la tête de 10,000 hommes seulement, Kléber marche rapidement sur l'armée du grand visir, qui s'élevait à plus de 60,000. Il la rencontre près des ruines d'une ville antique, Héliopolis, qui va recevoir de la bravoure française une illustration nouvelle. En moins de quatre heures, il met l'armée turque dans une déroute complète, la précipite dans le désert avec perte de 15,000 hommes, et s'empare de leurs tentes et de leur équipage de campagne. Le grand visir, dans l'excès de sa frayeur, s'enfonce dans les sables du désert, escorté de quelques débris, et sa fuite ne s'arrête que dans les murs de Gazah en Syrie (20 mars).

Au commencement de la bataille, les Mamelucks d'Ibrahim-bey et plusieurs corps de cavalerie turque s'étaient jetés sur le Kaire, et à l'aide de la populace égyptienne, ardente pour les soulèvements, s'en étaient rendus maîtres. Kléber vint aussitôt en former le siége, et triompha, au bout de vingt jours, d'une résistance opiniâtre et presque désespérée. Un important auxiliaire, qu'il s'était acquis moins par sa politique que par sa loyauté, le seconda vivement dans cette entreprise. C'était Mourad-bey. Cet intrépide chef de Mamelucks, si souvent battu par les Français, avait appris à les estimer, comme il avait aussi été apprécié par eux. Kléber lui confia le gouvernement de la Haute-Égypte, comme tributaire et au nom de la République. Ce chef illustre mourut de la peste l'année suivante, aussi fidèle dans son dévouement qu'il l'avait été auparavant dans sa haine.

La victoire d'Héliopolis était glorieuse; c'était mieux encore, elle nous affermissait en Égypte. Dès ce moment, Kléber a compris la grandeur de sa mission, et son ame ne respire que les nobles sentiments qu'inspirent l'intérêt de la patrie et l'honneur national. Il s'applique sérieusement à améliorer le sort de l'armée et du pays, à régler avec sagesse l'administration, à faire aimer par des bienfaits et une sévère justice la domination française. Déja tout prenait un cours satisfaisant et prospère, lorsque le poignard d'un misérable fanatique, nommé Soleyman, ravit cet illustre chef à l'armée, et la possession de l'Égypte à la France. Kléber fut assassiné au Kaire le 14 juin, le jour même où Bonaparte triomphait à Marengo, et où l'intrépide Desaix, revenu en France depuis quelques jours, tombait frappé mortellement d'une balle sur le champ d'honneur!

La douleur des soldats fut inexprimable. Menou, comme le plus ancien général, prit le commandement en chef. Le premier consul le confirma dans ce titre. Ce général était instruit, bon administrateur et d'une grande bravoure. Ces qualités avaient déterminé Bonaparte à le nommer. Mais toute sa conduite ne fut qu'un tissu de fautes, qui amenèrent les revers les plus funestes. Jamais on n'eût pu supposer autant d'incapacité militaire dans un général qui avait fait la guerre toute sa vie. L'armée ne fut plus animée de ce feu sacré que savaient si bien communiquer Bonaparte et Kléber. Elle était remplie de dissensions, et les principaux chefs étaient mal disposés pour le commandant général.

Le premier consul, comme chef du gouvernement, s'était occupé avec une extrême sollicitude de notre colonie d'Égypte. Sa gloire et l'intérêt de la France s'y trouvaient également. Il avait plusieurs fois envoyé des vaisseaux chargés de munitions, d'ouvriers et de soldats choisis. Aucun d'eux n'avait pu débarquer en Égypte; cependant on s'y maintenait. Dans le cours de 1800, les Anglais, instruits par le résultat de la bataille d'Héliopolis, prirent un parti décisif pour arracher les Français de leur conquête, ou les détruire par des combats multipliés. Ils envoyèrent une flotte et une armée qui, grossie plus tard de divers renforts, s'éleva à 25,000 hommes. Elle débarqua sur les rivages d'Aboukir presque sans opposition (mars 1801).

Sir Abercrombie la commandait. Si Menou

avait eu la moindre énergie et des talents militaires, il aurait pu renouveler les manœuvres de Bonaparte, et détruire les corps partiels des Anglais. Mais il se morcela lui-même, repoussa les conseils de ses généraux, et fit battre ses corps en détail. Déja il avait éprouvé une défaite sérieuse à Canope (21 mars). Ce revers affaiblit encore sa tête. L'armée d'Orient, vaincue après six mois de fausses manœuvres, vit signer avec douleur par le général en chef Menou la capitulation d'Alexandrie pour l'abandon de l'Égypte (2 septembre 1801). Il fut stipulé que les Anglais fourniraient des bâtiments pour conduire les troupes dans les ports français. Le mois d'octobre suivant, elles débarquèrent sur les côtes de Provence au nombre de 24,000 hommes.

Tel fut le résultat d'une expédition qui était destinée à donner à la France une riche et importante colonie, et faire une révolution dans le commerce du monde. Conduite par le génie le plus rapide et le plus heureux, notre armée avait marché sous Bonaparte de triomphes en triomphes; elle s'était installée en Égypte, elle avait tous les moyens de s'y affermir et de s'y naturaliser. Les désastres de la France décidèrent le retour du général en chef, mais il fut dignement remplacé par son successeur. La mort de Kléber fut un malheur irréparable. S'il eût vécu, l'armée anglaise d'Aboukir aurait été détruite, et nous posséderions aujourd'hui l'Égypte. Toutefois, notre expédition n'a pas été sans résultats utiles, importants, on peut dire même magnifiques. Elle a laissé sur le sol de l'Égypte des germes féconds que nous voyons aujourd'hui se développer sous l'habile pacha Mehemet-Ali, et elle a donné à la France, à l'Europe savante, au monde entier le bel ouvrage de LA DESCRIPTION DE L'ÉGYPTE.

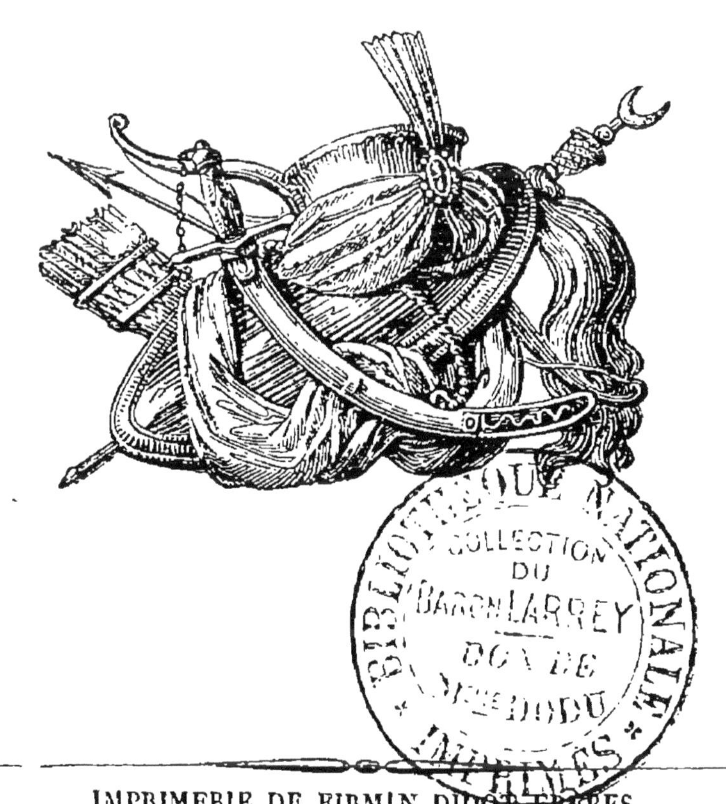

BIBLIOTHÈQUE NATIONALE
COLLECTION DU BARON LARREY
DON DE [illegible]
INVALIDES

IMPRIMERIE DE FIRMIN DIDOT FRÈRES,
RUE JACOB, N° 24.

BIBLIOTHEQUE NATIONALE DE FRANCE
3 7531 04325511 7

www.ingramcontent.com/pod-product-compliance
Ingram Content Group UK Ltd.
Pitfield, Milton Keynes, MK11 3LW, UK
UKHW020348230726
13925UKWH00003B/1014